나는 나눌 수 있어 행복한 사람입니다

나는 나눌 수 있어
행복한 사람입니다

초판 1쇄 인쇄 l 2006년 9월 10일
초판 1쇄 발행 l 2006년 9월 15일

지은이 l 박권용
펴낸이 l 채주희
펴낸곳 l 해피&북스
출판등록 l 제 10-1562호(1985.10.29)
주소 l 서울특별시 마포구 합정동 433-62
전화 l 02-323-4060, 02-322-4477
팩스 l 02-323-6416, 080-088-7004
이메일 l elman1985@hanmail.net

ISBN 89-5515-333-3 03810
*책 값은 뒷표지에 있습니다.

나는 나눌 수 있어
행복한 사람입니다

박권용 지음

해피&북스

나눌 수 있어 행복한 사람 박권용!

몇년 전, 롯데제과는 몽쉘통통 광고를 만들면서 깜찍한 다섯 살배기 쌍둥이 형제를 등장시켰다. 광고 제작을 맡은 대홍기획의 서양희 부장은 "적임자가 없어 고민하다가 인터넷의 쌍둥이 동호회 게시판에 글을 올려 겨우 발굴해낸 모델들"이라고 소개했다. 맥도날드도 광고 내용처럼 실제로 대구에서 중국 음식점을 경영하는 박권용(53)씨를 모델로 발탁했다.

새로운 얼굴이라는 장점 덕분인지, 광고가 나오자마자 인터넷 게시판에는 "모델이 누구냐"라는 질문이 빗발쳤다. 광고기획사 내부에서 모델을 찾는 경우도 있다. 제일기획의 오경수 차장(35)은 귀뚜라

미보일러 신문 광고에 아파트 경비원으로 등장하여 우스꽝스런 표정으로 웃음을 이끌어냈다.

화려한 기교나 인기 연예인 모델이란 거품을 뺀 광고의 효과는 어떨까. 불황기에는 신문 지상에도 삭막해진 마음을 따스하게 채워주는 훈훈한 광고가 부쩍 늘어난다. 서민 모델이 나오는 신문 광고는 인지도·호감도 면에서도 높은 호응을 얻어 매출 신장 효과도 높다.

제일기획 브랜드마케팅연구소 이주현 차장은 "기업들은 불황기에는 '살기는 힘들지만 열심히 살아야지'란 메시지를 주는 광고로 소비자의 눈길을 잡으려고 한다"면서 "이런 종류의 광고일수록 인기 연예인보다는 평범한 사람이 모델로 나와야 효과적"이라고 말했다.

조선일보의 이경은 기자가 쓴 일반인 CF 모델에 대한 평가이다.
"박권용, 그는 정말 우리 주위에서 흔히 볼 수 있는 평범한 사람이다.
하지만 그의 내부를 들여다보면 왜 그가 나누는 사람이 되었는지를
알려주는 눈물겨운 사연이 있다.

어릴 때부터 주린 배를 채우기 위해서 '똥개'라는 소리를 들어가며
얻어먹고 훔쳐먹던 한 소년이 자장면집 보이로 시작해서 어엿한 중
국집의 사장이 되기까지의 이야기가, 그리고 자기 힘에 넘치도록 남
을 도운 탓에 대한민국 명사도 나가기 힘들다는 MBC의《느낌표》

'길거리 특강'에 강사로 나선 사람의 진솔한 이야기가 이 책을 한번만 손에 잡으면 놓지 못하게 한다."

자라나는 청소년이나 삶에 지친 이 시대의 소시민들이 꼭 읽어야 할 책이기에 정말 보람을 가지고 기획해서 내어 놓는다.

해피&북스 기획실 김재헌

차례

제1부

주는 건 연습입니다

내 유년 시절

경상남도 합천군 봉산면 압곡리 지실마을이 내가 태어나고 자란 곳이다. 가야산의 줄기인 오도산 산기슭의 깡촌이기도 하다. 마을 뒤로는 기암절벽이 둘러서 있고, 마을 앞으로는 개울이 흐른다. 문둥병도 낫게 할 만큼 맑다 해서 붙여진 이름이 '산삼물'이다.

우리 마을에서 약 4킬로미터 떨어진 곳에 오남초등학교가 있다. 전형적인 시골 학교라 입학한 이후로 졸업할 때까지 한 반으로 6년을 함께 생활하기 때문에 아이들은 서로의 성품을 잘 안다.

그 당시는 모두가 어려운 형편이라 옷을 잘 입은 친구도 없고 배불리 먹을 만한 먹을거리도 부족한 때였다. 학교 소사아저씨가 끓여 주시던 강냉이 죽이 유일한 호사였다. 한 그릇씩 받아들고 얼마나 맛있게 먹었는지 모른다.

누구에게나 어린 시절은 좋은 추억으로 남아 있다. 고향을 생각하면 추억으로 아련해지고, 힘들고 지쳤을 때는 돌아가 쉬고 싶은 곳이 바로 고향이다. 하지만 나에게 고향은 생각나는 곳이기보다는 오히려 잊고 싶은 곳이고, 다시 어린 시절로 돌아간다는 것은 죽기보다도 싫은 일이다.

어른들의 말에 따르면 우리 집은 상당히 부자였다고 한다. 머슴만 일곱에 논밭이 무진장이었던 모양이다. 그러나 그것은 나와는 전혀 관계없는 일이었다. 왜냐하면 내가 태어났을 때 우리 집은 이미 가세가 기울 대로 기울어 있었기 때문이다.

가세가 기울자 나를 낳아주신 어머니는 집을 나가셨고 아버지는 바로 재혼하셨다. 나는 새 엄마 밑에서 컸다. 충분히 사랑받지 못했고 가난했던, 그렇게 돌아가기 싫은 시간과 장소이지만 여전히 고향은 추억 속에 간간이 기억이 나는 곳이다. 그곳에는 봄이면 온 산에 빨간 참꽃이 만발하고, 여름이면 아이들은 산삼물에서 첨벙대며 가재를 잡았다. 지천에 꽃들이 흐드러졌고 귀가 따갑도록 매미가 울어

댔다.

하지만 이러한 몇 가지 기억들을 빼면 어린 시절에 대한 기억은 온통 배고픔뿐이다. 그도 그럴 것이 젖먹이 때부터 제대로 얻어먹지 못해 항상 배를 곯았기 때문이다. 사랑을 듬뿍 받지 못해서 그런지 나는 다 커서도 오줌싸개로 동네에 이름을 날렸다. 오줌을 싸면 키를 쓰고 동네를 돌아다녀야 했으니까 말이다.

항상 배를 곯던 나는 유난히 먹는 것을 탐하는 아이가 되었다. 그래서인지 학교에 다니면서부터는 별명이 바뀌었다. 이름 하여 '똥개'였다. 그러고보니 정우성이 주인공으로 등장했던 《똥개》라는 영화가 생각난다. 영화 속의 주인공도 엄마 없이 홀애비 밑에 혼자 큰 녀석이었다. 혼자 있기 좋아하고 조그마한 정에도 목말라하고 스스로 살아가는 법을 자연스럽게 익혀야 했던, 그 불쌍한 녀석이 바로 나였다.

나는 아이들이 먹다 땅바닥에 버린 것을 잘 주워 먹었다. 똥개라는 별명에 어울리게 말이다. 한참 후에 별명이 홍길동으로 바뀌었다. 근사한 별명 같지만 사실은 요리조리 쥐새끼처럼 다니며 도둑질을 잘한다고 붙은 별명이다. 그렇게 홍길동처럼 신출귀몰하게 도둑질이라도 해야 할 만큼 나는 배가 고팠다. 나는 도둑질을 해서라도 주린 배를 채워야 했다. 그러나 바늘도둑이 소도둑이 된다고 했던가? 처음에는 친구들의 손에 있는 먹을거리를 집어먹기 시작하다가, 나중에는 아예 습관이 되어 누가 보지 않으면 어느새 날쌔게 훔쳐서 내 입에 털어 넣곤 했다.

그 당시 집에는 먹을 것이 변변치 않았지만 눈을 조금만 돌려보면 사방에 먹을 것이 지천이었다. 흔히 말하는 '서리'는 농촌에서 어린 시절을 보낸 사람들에게는 하나의 추억이며 자신의 무용담을 늘어놓는 좋은 이야깃거리이다. 하지만 나에게 서리는 이야깃거리를 넘어선 생존의 법칙이었다. 동네 집이란 집은 다 뒤지고 다니며 달걀이든 꿀이든 닥치는 대로 훔쳐댔기 때문에 동네 사람들은 나를 보면 까마귀 쫓듯 쫓아냈다.

나는 학교에서도 도둑질로 유명했다. 반 친구들의 기성회비나 운동화를 훔치는 것은 예사였고, 체육 시간에 선생님의 월급봉투를 통째로 훔쳤다가 걸린 적이 있을 정도였다. 그러니까 그것이 초등학교 3학년 때의 일인가 보다. 당시 내게 월급봉투를 털렸던 분은, 지금도 잊을 수 없는 주백종 선생님이셨다. 남자답고 의리가 있으셨던 그분은 항상 칭찬과 격려로 위로를 해주시며 손을 꼭 잡아주시는 선생님이셨다. 선생님은 당신의 월급봉투를 몽땅 훔쳐간 어린 제자를 너그러이 용서해주셨다. 지금도 그분의 따스한 손길을 잊을 수가 없다.

봄이 되면 가장 기다려지는 것은 바로 봄소풍이다. 어려운 시절이라 돈을 들여서 멀리 가지는 못하고 시냇물이 흐르고 봄꽃이 만발한 장소를 골라 소풍을 간다. 1학년부터 6학년까지 줄줄이 서서 선생님 호루라기 소리에 맞춰 하나, 둘, 하며 목적지까지 가면 온몸에 땀이 비 오듯 한다.

점심시간이 되면 모두들 싸온 도시락을 꺼내어 먹으며 서로의 도시락을 힐끗거린다. 모두가 꽁당보리밥이고 쌀밥 가지고 온 친구는 보기 어렵다. 행여나 계란 후라이라도 해온 친구가 있으면 서로 조금이라도 얻어먹어 보려고 한바탕 난리가 일어난다. 모두들 가난했지만 학교 생활은 무척 재미있었다.

그렇게 재미있던 학교를 나는 졸업할 때까지 다닐 수가 없었다. 가정 형편이 어려웠기 때문이었다. 그래서 나는 3학년 때 자퇴를 하게 되었고 선생님은 매우 가슴아파하셨다.

가끔씩 텔레비전에서 북한의 경제참상을 알린다고 탈북자들이나 꽃제비들의 모습을 촬영해서 보여준다. 그런데 40여년이 넘게 지난 지금, 그들의 모습 속에 나의 어린 시절이 담겨 있었다. 더러운 장터에서 먹을 것을 찾는 아이들, 남루하기 이를 데 없는 몰골에 코를 흘리는 철부지들, 시장통의 작은 하수구에서 국수가락을 주워 먹는 아이들…. 그러한 모습이 나의 어릴 적 모습과 겹쳐지면서 내 눈엔 눈물이 고였다. 정말이지 배를 곯아보지 않은 사람은 그 심정을 모른다.

나도 그랬다. 40여년 전, 장이 서는 날이면 나는 학교로 가지 않고 읍내 장터로 갔다. 왜냐하면 그곳엔 나의 주린 배를 채워줄 많은 것이 기다리고 있었기 때문이다. 그래서 장이 서는 날을 손꼽아 기다렸다.

당시도 읍내는 멀어서 나가려면 버스를 타야 했다. 하지만 돈이 있을 리가 없다. 그렇다고 돈이 뭐 대수겠는가? 궁하면 통한다고, 나름대로의 방법이 있었기 때문이다. 우선 무조건 버스에 덜렁 올라탄다. 그때는 내릴 때 차비를 내는 때라, 읍내에 도착할 때까지 모자를 삐닥하게 쓴 차장 눈치를 보며 어떻게 내릴 것인지 궁리한다.

방법은 간단했다. 차비를 낼 때 그냥 밀치고 뛰어내리면 되는 것이다. 때론 지능적인 방법도 썼다. 차문 앞에 다가서면 차장이 차비 내라는 눈짓을 한다. 그러면 뒤에 내리는 사람을 가리키며 능청스럽게 말한다.

"저 갓 쓴 사람이 우리 아버집니더."

그러고는 얼른 내려서는 도망간다. 영문도 모르는 그 어른이 "내

아들이라이? 무신소리고! 내 아들 아이다!" 하고 소리를 치지만 어쩌
라 이미 나는 차에서 내려버린 것을. 무임승차도 고단수가 되어갔던
것이다. 지금 생각해도 신기하다. 가르쳐 주지도 않았는데 어찌 어
린아이가 그런 머리를 쓸 생각을 다 했을까? 그것이 좋은 일이었다
면 얼마나 좋았겠는가? 하지만 나의 두뇌는 생존을 위해 약삭빠르
게 돌아갔고, 주린 배를 채우기 위해서 나쁜 손버릇과 수법은 늘어
갔다.

나의 무전취식 행각은 점점 실력이 늘어갔다. 한번은 가게에 들어
가 꿀밤묵과 감자묵을 네 그릇이나 먹은 적이 있다. 물론 주머니에
는 땡전 한 푼도 없었다. 어린 마음에도 '조금 먹으나 많이 먹으나 두
드려 맞는 것은 매일반일 테니 우선 배가 터지도록 먹고 보자'는 배
짱이 생겼기 때문이다.

이런 일이 비일비재 했지만 난 잡히지 않고 언제나 잘 달아났다.
그러다보니 용기를 얻게 되고 나는 점점 더 대담해졌다. 도망가는
솜씨도 더 노련해졌다. 쥐방울만한 녀석이 재빠르게 사람들 틈을 비
집고 요리조리 피해 달아나니 어른들은 나를 따라오지 못했다. 홍길
동이라는 별명이 무색하지 않을 정도로 말이다.

그렇게 승승장구하던 중 좌판에 놓고 파는 털 귀마개를 집어들고

달아나다가 덜컥 덜미를 잡힌 적이 있다. 경찰서까지 끌려갔는데, 새까만 꼬마 녀석이라고 방심하는 경찰 아저씨를 밀치고 도망을 쳤다. 말 그대로 그 일대에선 신출귀몰이었다. 그뿐인가? 도둑질 솜씨만큼 거짓말 솜씨도 끝내줬다.

한번은 그렇게 갖고싶던 흰 운동화를 장터에서 훔쳐 신고 집에 돌아왔다. 마당에 서 계시던 새어머니의 눈썹이 올라갔다. 어디서 운동화를 얻었냐며 붙잡고 따지셨다. 그런 상황을 충분히 예상하고 있었던 나는 집으로 오면서 준비해 두었던 대답을 천연덕스럽게 늘어 놓았다.

"내를 낳아주신 어무이가 사주고 가셨어예."

"느그 어무이가?"

"예."

"어무이를 어데서 만났다카는 기가?"

"삼거리 주막에서예."

"…뭐라카드노?"

"열심히 공부하라꼬예."

"어떻게 생기셨드노?"

"예쁘게 생기셨습디더."

“니, 참말이가?”

“와 지가 거짓말을 하겠습니꺼.”

마음 착한 새어머니는 내 말을 그대로 믿어주셨다. 새엄마라고 하면 좋지 않게 생각하는 사람들이 많지만, 우리 새어머니는 좋은 분이셨다. 전처소생이라고 차별대우 하시는 법 없이 나를 당신이 낳은 아이들과 똑같이 대해주셨다. 난 지금도 그런 그분이 감사하다.

생존의 정글에서 살아남으려면 싸움도 잘해야 했다. 나는 비록 덩치는 작았지만 나름의 방법이 있었다. 흔히 말하는 ‘깡다구’가 있었기 때문인데, 두들겨 맞더라도 기죽지 않고 다시 덤비는 것이었다. 그리고 아무리 덩치가 큰놈이라도 두려워하지 않는 것이 중요했다. 나는 한번 맞붙어서 안 되면 학교건 집이건 며칠이고 찰거머리처럼 따라다니며 또 싸움을 걸었다. 대개의 경우 나와 붙은 아이들은 나의 그러한 찰거머리 작전에 꼬리를 내리고 결국은 항복하곤 했다. 그러다보니 나에 대한 동네의 평판은 당연히 개판이었다. 동네 사람들은 나를 보면 “그래 잘해봐라, 이노무 자슥아. 니가 잘해봐야 커서 깡패나 되지.” 하고는 야유와 손가락질을 해댔다. 이런 나의 행각은 아버지와 새어머니까지 손들게 했다.

“이 문디 자슥아! 니 때문에 동네고 장터고 챙피해서 댕길 수가 있

나. 오늘 너 한번 죽어봐라."

　아버지는 매일같이 매를 드셨다. 하지만 맞을 때뿐, 매도 자꾸 맞
다보면 이골이 나는 법이다. 그럴수록 나는 더욱 단단해져 갔다.

소년 가장

　내가 학교를 자퇴한 후, 어려운 형편 때문에 동생들의 학교 문제를 걱정하시던 새엄마는 결국 시골 살림을 정리하고 동생들을 데리고 김천으로 이사를 하셨다. 시골에는 할머니와 나만 남게 되었고, 집안일은 고스란히 내 몫이 되었다.

　시골에는 수도가 없기 때문에 일일이 물지게로 물을 길어다 먹어야 한다. 양철통으로 만든 물지게로 큰 항아리 가득 물을 채우고 나면 산에 올라가 나무를 잔뜩 해다 차곡차곡 쌓아둔다. 항상 바쁘게 내일을 준비하는 것이 농촌에서의 정한 일이었다. 아버지도 어머니도 없는 집에서 학교도 가지 않고 집안일을 하던 나는 말 그대로 소년 가장이었다.

봄이 되면 온 동네 사람들은 깊은 산으로 들어가서 약초도 캐고 고사리, 도라지, 두릅, 쑥, 다래 같은 산나물을 뜯어 팔기도 하고 양식으로 먹기도 했다. 그렇게 해야 보릿고개를 이길 수 있었기 때문이다.

봄비가 내리기 시작하면 며칠 동안 내리는데, 그러면 먹을 양식도 없어 할머님하고 콩을 볶아 먹고 밀을 볶아 먹는다. 그럴 때면 할머니는 지금은 이렇게 배를 곯는 시절이지만 네가 어른이 되면 흰쌀밥을 배부르게 먹을 수 있을 거란 말씀을 하셨다. 하지만 나는 천지가 개벽한다 해도 그런 날은 오지 않을 거라 생각했다. 그런 말은 믿을 수조차 없던 어려운 시절이었다.

시골 부자는 일부자다. 눈만 뜨면 무슨 일이 그렇게도 많은지, 새벽부터 밤이 늦도록 일하고 또 일했다. 해가 지면 동네 사랑방에 한두 사람씩 모여든다. 두런두런 이야기를 나누다보면 어느새 밤이 깊어진다. 아침이 밝으면 또다시 산으로 밭으로 논으로 각자의 일을 하러 발걸음을 재촉한다.

옛 속담에 "가을이 되면 부엌에 있는 부지깽이도 일어선다"는 말이 있다. 그 정도로 바쁘다는 말이다. 농부가 제일 바쁜 날은 추수를 하여 곡간에 채워 두고 보는 날이다. 두메산골이지만 풍속은 남아 있어서 가을 농사가 잘 되었다 싶으면 어김없이 조상에게 10월 묘사를 지낸다. 묘사지내는 곳에 가면 고사떡을 각 사람 숫자대로 나눠 준다. 그 고사떡을 얻어먹으려고 높은 산꼭대기까지 동생을 등에 업고 올라가던 일이 지금도 선명하게 생각난다.

겨울이 돌아오면 시골에서는 별로 할 일이 없다. 그래서 찔레열매를 꺾어 와서 면도칼로 열매에 구멍을 내고 청산가리를 조금 넣어 닫는다. 꿩이 잘 내리는 장소에 그 열매를 놓아두면 꿩이 쪼아 먹고는 꾸벅꾸벅 졸다가 죽는다.

그렇게 해서 잡은 꿩은 장날이면 내다팔아 돈을 만들 수 있었다. 그러면 나는 그 돈으로 할머니께 풍년초, 진달래, 아리랑같은 담배를 사다드렸다. 그러면 얼마나 좋아하시는지….

겨울이 되면 시골에서는 다양한 행사들이 많이 열린다. 그중 제일 인기있는 행사는 콩쿨대회였다. 콩쿨대회란 면민 노래자랑을 말한다. 나도 어린 나이였지만 몇 번 무대에 올라가 노래솜씨를 뽐내기도 했다.

사람들은 그 당시 유행하던 〈구름도 울고 넘는〉,〈물어물어 찾아왔소〉,〈부산항구〉,〈빨간 구두 아가씨 〉같은 노래를 불렀다.

노래자랑이 끝나면 요란한 차림을 한 풍각쟁이 만물북 아저씨가
혼자서 북이며 꽹과리, 피리를 울려대며 연주를 한다. 그것은 큰 볼
거리였다. 그러면 너나 할 것 없이 모두들 그 뒤를 졸졸 따라다니며
구경하곤 했다.

큰북 등에 업고

손엔 기타, 입에 하모니카,

가락에 맞춰 오색조의 화음은 세상을 토해낸다.

한걸음에 세상을 보고

두걸음 힘찬 발놀림 심줄은 북을 두들긴다.

마음떨린 하모니카 소리

순애의 사랑이야기 품어내고

기타의 서글품에 지난 세월 묻고는

떠돌뱅이 장터의 고향의 향수에 젖어가고

알 없는 검은 안경 보는 눈이 흥겨워

코흘리개 아이까지 빼앗고는

세상이 연극인 양 열변은 노래되어 장터를 울리네.

서커스 역시 인기있는 행사였다. 원숭이가 재주를 부리거나 외발 자전거 타는 것을 볼 때마다 사람들은 손에 땀을 쥐며 아슬아슬해 했다. 밤이 되면 공터에 천막을 치고 영화를 상영하는데, 어른들의 호주머니는 물론 아이들의 코묻은 돈까지 죄다 털어가버리기 일쑤였다. 당시 상영했던 영화라야 지금 생각해보면 뻔한 내용이지만, 그래도 그 중에 강재구 소령의 일대기를 그린 영화는 참 볼 만하였다. 월남 파병을 위해 훈련이 한창이던 한 부대에 어느 병사가 수류탄을 잘못 던져 부대원들에게 떨어져 전 대원이 죽게 될 위기에 처했다. 그때 강재구 소령이 몸을 던져 수류탄을 끌어안아 나머지 대원을 모두 살리고 자신은 장렬하게 전사하고 말았다는 내용이다.

이 영화는 당시 대단한 반응을 얻었다. 모든 사람들이 마지막 장면에서 한결같이 만세를 부르며 일어섰다. 이 영화의 목적은 반공정신을 고취하려는 것이었는데, 말 그대로 목표달성을 이룬 것이다.

지금도 육군사관학교가 자랑스러운 생도로 꼽는 이가 바로 강재구 소령이라고 한다. 대를 위해 소가 희생하는 그 영화는 두고두고 아이들에겐 영웅적인 무용담이 되었다.

그 다음에 들어온 영화는 《미워도 다시 한 번》이라는 영화이다.

김지미 씨가 주인공이었다. 그 다음 영화는 《엄마 찾아 삼만 리》였
는데 주인공은 당시 인기절정의 아역배우 김정훈이었다. 엄마를 찾
아 거리를 헤매는 주인공을 보고 관객들이 함께 눈물을 흘렸다. 나
는 그 영화를 보고 엄마가 더욱 그리워졌다. 할머니께 여쭤 보아도
우리 엄마는 어디에 계시는지 알지 못한다고 하셨다.

초등학교 4학년, 내 나이 열두 살때였다. 아버지와 새엄마는 김천
으로 이사를 가셨다. 고향에서는 더 이상 생활이 어렵다고 생각하신
아버지는 대처로 나가서 일이라도 찾아 볼 요량으로 그렇게 하신 것
이다. 물론 이복동생들은 데리고 가셨다. 아직은 그 아이들이 어렸
기 때문이지만 남겨진 나는 너무 힘들었다. 고향집에는 할머니와 나
단 둘이 남게 되었다. 아버지는 할머니를 모시고 가려 했지만 할머
니가 한사코 손을 내저으셨다.

돌이켜 생각해 보건대 할머니께서는 새 며느리를 따라가는 게 부
담스러워서 그러셨을 것이다. 그러다 보니 아버지는 할머니가 외로
우실까봐 나를 떼어 놓으셨던 것이다.

아버지가 떠난 집, 가난은 더욱 심해졌고 나의 배고픔도 더 커졌다.
나는 할머니를 도와 밭일을 하거나 산나물 같은 것을 캐러 종일 산
과 들을 들쥐처럼 헤매 다녔다. 나는 늘 굶주려 있었고 한번 배불리

먹어보는 것이 소원이었다. 그럴 때면 어머니가 보고 싶었다. 한없이 그리웠다. 어린 생각에 어머니를 만나면 배불리 먹을 수 있을 것 같기도 했다.

그러던 어느 날 나는 결심을 했다.

'그래! 여기서 굶어 죽으나 대처로 나가서 일하다가 굶어 죽으나 매한가지다. 차라리 일찍부터 나가서 돈이나 벌자'.

그렇게 몇날 며칠을 생각한 후, 어느 아침 일찍이 일어나 산으로 갔다. 어렸을 때부터 나무하는 데 이골이 나 있던 나는 나무를 하러 갔던 것이다. 그리고는 지게로 하나 가득 장작을 해다 놓고 할머니에게는 담배 몇 갑을 사다 드리고 작별 인사를 했다.

"할무이! 지가 삼태기 가득히 돈 벌어갖고 돌아오겠습니더. 그러니 몸 건강하게 계셔야 됩니더."

그렇게 말하자 할머니는 말없이 눈물만 훔치셨다. 속으로 '성공하기 전에는 안 돌아올깁니더' 다짐을 하고는 무작정 고향을 떠났다. 고향을 떠난 후, 나는 철들기 전까지 고향에 가보지 못하였다.

한편, 고향에 할머니가 혼자 계신다는 소식을 들으신 작은아버지께서 할머니를 모시고 가셨지만 얼마 안 있어 할머니는 돌아가셨다.

어린 시절, 부모에게 충분히 받지 못한 정을 대신 채워주시는 듯

한없이 사랑을 주셨던 할머니. 할머니 고맙습니다. 저에게 부어주신
사랑, 이땅에 살아 계시는 할아버지 할머니께 효도하겠습니다.

무작정 도시로

그렇게 시골집에 할머니를 홀로 두고 나는 김천에 계시는 새엄마에게 가기로 작정하였다. 할머니께 다녀오겠노라고 말씀을 드렸지만 돌아오는 그 발걸음은 언제가 될지 모르는 길이었다.

주소가 적힌 종이 한 장을 달랑 들고 김천까지 가는 길은 설레는 마음이 반 불안한 마음이 반이었다.

새엄마는 전처소생인 나에게 그래도 따뜻하게 참 잘해주셨다. 그래서 집을 나와서도 새엄마를 찾아가야겠다는 생각이 들었던 것이다. 주소를 들고 물어물어 새엄마의 집을 찾았다. 가난한 시골 살림을 정리해 봤자 돈이 얼마나 모였을까. 작은 방 한칸에서 동생들과 살고 계셨다. 너무 초라해 보였다. 새엄마께서는 조금 더 크면 오지 너무 일찍 나왔다 하시며 걱정을 하셨다.

나는 며칠이나마 새엄마의 집에서 지내게 되었다. 난생 처음 김천역에서 기차를 보게 되었다. 기적소리를 울리며 연기를 내뿜으면서 달려가는 기차가 너무나도 신기하였다. 나는 '어른이 되면 꼭 출세해서 열차 한번 타봐야지' 하고 생각하며 꼭 출세하리라 다짐하고 또 다짐했다.

해는 저물어가고 하나 둘씩 켜지는 전깃불이 밤을 수놓은 장관은 시골에서 볼 수 없는 천국 같은 풍경이었다. 나는 그런 도시가 좋았지만 형편이 어려운 새엄마 집에는 들어가고 싶지가 않았다. 그렇다고 해서 시골로 돌아가는 것은 더욱 싫었다.

다시 거리로 나와 시내 구경을 하였다. 상점마다 전깃불 크기도 다르고 색깔도 여러 가지였다. 이곳저곳 기웃거리다가 한 시계방 앞에 섰다. 시골에서는 차기는커녕 구경도 못해 본 여러 가지의 시계 모형에 감탄을 금치 못했다. 그 당시 백 명 중에 한 두 명 정도가 시계를 차고 있을 때니 누구나 시계 한번 손목에 얹어보는 것이 소원 중에 소원이었다.

한참을 구경 다니다가 피곤하여 졸음이 오기 시작하였다. 쏟아지는 졸음을 도저히 참을 수가 없어 턱이 있는 상점 앞에 누워 잤다. 자고 일어나니 넝마주이들이 떼를 지어 다니며 큰 대소쿠리를 등에 짊어지고 고물 같은 것을 주워 담는 것이 보였다. 나는 너무 무서워서 얼른 일어나 다른 곳으로 갔다. 그제서야 먹은 것이 별로 없다는 생각이 들었다. 도시에 와서 구경하느라 배고픈 것은 생각도 나지 않았지만 허기가 지니 힘이 없었다.

어느 건물 앞에 앉아 허기를 달래고 있으니 어떤 신사 아저씨가 안으로 들어오라고 했다. 아저씨를 따라 집에 들어가니 밥을 차려주시며 마땅히 갈 데가 없으면 자기 집에서 일을 하라고 하셨다. 간판을 보니 한일철공소라고 적혀 있었다.

선택의 여지가 없었던 나는 그 집에서 먹고 자며 몇 달 정도 일을 하였다. 일이 너무 고단했지만 나는 꾹 참고 시키는 대로 군소리 없이 척척 일을 했다. 사람이 제법 많아서 부서별로 일이 나뉘어져 있었는데, 서로 자기 부서에서 일을 하게 하려고 할 정도였다.

야간 작업을 하는 날이었다. 야간에 일을 하면 하루 반을 쳐서 임금을 준다고 했다. 그래서 야간작업을 하면 직원들 모두가 좋아했다. 그날 저녁, 중국집에서 저녁식사를 주문하기로 했다. 고참은 볶음밥을 시키고, 중간 고참은 짬뽕이나 간자장, 제일 아랫사람에겐 우동이나 자장면을 시켜주었다. 난생 처음 먹어보는 자장면은 입에서 살살 녹아 어디로 넘어갔는지 알 수가 없었을 정도였다.

하지만 기름진 음식을 제대로 먹어본 적 없는 촌놈이라서 그런지 뱃속에 자장면이 들어가니 속이 놀라 계속 설사가 나왔다. 배가 아프고 참을 수가 없었다. 다행스럽게도 사모님께서 따뜻한 방에서 배를 깔고 자라고 하셨다. 오랜만에 누워보는 따뜻한 안방에서 나는 꿈까지 꾸며 단잠을 잤다. 꿈속에서 나는 깨끗한 손으로 자장면을 만들어 동네사람들에게 나눠주고 있었다. 사람들은 "참 기술 잘 배웠다. 이 기술이면 세월이 아무리 변하여도 굶어 죽는 일은 없겠다" 하며 칭찬이 대단하였다. 꿈에서 깬 뒤, 내 마음은 두근거리기 시작하였다. '그래, 자장면 만드는 기술을 배워야겠다' 하고 마음먹고는 중국집에 취직할 기회를 찾았다. 그러던 어느 날, 내 또래로 보이는 아이가 빈 그릇을 찾으러 공장에 들어왔다. 나는 얼른 그릇을 챙겨주면서 물어보았다.

"형아! 중국집에 일꾼 안 구하나."

"와? 중국집에 취직할라꼬? 내가 주인한테 물어보고 연락해줄게."

연락이 오길 기다리는 시간은 하루가 일 년 같았다. 혹시 공장 주인 아저씨가 눈치를 챌까 조마조마했다. 며칠 후, 우연히 바깥을 보니 중국집 아이가 공장 앞에서 서성거리고 있는 것이 보였다.

나는 그 모습을 보고는 얼른 뛰어나갔다. 그러자 그 아이는 내 손에 종이 한장을 슬그머니 쥐어 주고는 돌아갔다. 누가 볼까 무서워 얼른 변소에 들어가 읽어보았다.

"오늘 밤 10시에 공장 앞에 나와 있그래이. 깨끗하게 싹싹 씻고 옷도 제일 좋은것 입고 있그래이."

그때만 해도 시계는 귀한 물건이었기 때문에 공장에는 시계가 없었다. 정확한 시간을 알 수 없었던 나는 밤이 되자 가슴을 졸이며 공장의 큰 대문을 잠그고 작은 샛문을 통해 밖으로 나왔다. 혹시 사장님 가족에게 들킬까봐 전봇대 뒤에 숨어 지나가는 자전거만 쳐다보았다. 그날따라 왜 그렇게 자건거가 많이 지나가는지…. 그 당시 자전거는 지금의 고급 승용차 같이 귀한 물건이었다. 가장 유명했던 삼천리 자전거 한 대만 있으면 온 세상이 자기 것인 양 으스댈 수 있었으니까 말이다.

시골에서는 우체부 아저씨나 술 도매상 아저씨가 지나가실 때나 자전거를 볼 수 있었다. 아니면 면직원 아저씨가 우리 마을에 일이 있어 오셨을 때만 볼 수 있는 귀한 물건이었다.

전봇대 옆에 몸을 숨기고 서 있는 시간이 어찌 그리도 길던지…. 시간이 흐르면서 점점 초조해지는 마음은 또 왜 그리도 허전한지…. 몇시쯤 되었을까 하는 생각을 하고 있을 때였다. 드디어 중국집 아이가 나타났다. 손짓을 하여 서로를 확인한 후에 그 아이는 나를 자전거 뒤에 태워주었다.

시골 촌놈이 난생 처음 자전거를 타보는 순간이었다. 자전거를 타고 철공소 골목을 빠져 나오니 기분이 너무 좋아 날아갈 듯하였다. 내 인생이 새로 시작되는 순간이었다.

한참을 달리다 자전거가 멈춘 곳에 양철로 만든 중국집 간판이 보였다. 그곳에는 한문으로 '금성원 반점'이라고 적혀 있었다.

안으로 들어서는 순간 맛있는 냄새가 코를 찔렀다. 주방 안에서는 쿵쿵거리며 수타면 빼는 소리가 요란하였고, 프라이팬으로 음식을 볶아내는 요리사님의 기술은 대단하였다. 그릇 씻는 형, 재료 써는 형 그리고 보조와 20여 명이나되는 종업원, 말 그대로 김천에서는 제일 큰 요릿집이라 할 만했다. 김천 국회의원, 문화원장, 경찰서장, 김천시장, 상공회의소장 등 유명한 분들이 드나드는 요릿집이었다.

잠시 후에 주인 아저씨와 주인 아주머니가 나를 보면서 나이가 몇 살인지, 고향이 어딘지, 또 부모님은 살아계신지 등 여러 가지를 물어보시고 그 중국집에서 오늘부터 일을 하라고 하셨다. 주인 아주머님께서 착하게 생겼다고 칭찬해 주셨다.

그날 밤에 저녁으로 먹은 우동 한 그릇은 그야말로 꿀맛이었다. 영업을 끝낸 후 방 한 칸에 종업원 모두가 함께 잠을 잤다. 갑자기 창문 밖에서 하늘을 찌르는 듯한 사이렌 소리가 울려댔다. 마치 전쟁이라도 난 것 같았다.

나는 깜짝 놀라 형님들에게 물어보았다.

"무슨 소립니꺼? 전쟁이라도 났습니꺼?"

그때 온 방에 형님들이 킥킥 대며 웃기 시작하였다.

"야 임마, 통행금지 사이렌 소리도 모르냐? 너 진짜 깡촌에서 왔나보다!"

"지금 밖에 나가면 경찰관들에게 잡혀가서 경찰서 유치장에 들어가야 돼. 임마!"

정말 시골에서는 듣도 보도 못한 세상 이야기였다.

다음날 아침이 되자 주인아저씨가 "뽀이야, 뽀이야" 하며 부르길래 누굴 부르나 싶어 가만히 있었다. 그랬더니 옆에 있는 형이 나를 부르는 거라면서 빨리 나가라고 하는 게 아닌가?

그때부터 나의 뽀이 시대가 시작되었다. 밖에 나가니 주인아저씨가 펌프물을 길어다가 드럼통에 채워 놓고 짬짬이 부엌에도 물을 채워 놓으라고 하였다. 물을 다 채우자 이번엔 양파 세 포대를 까라고 하였다. 양파가 얼마나 매운지 눈이 따가워서 눈물이 계속 흘러내렸다. 눈물을 훔치며 겨우 일을 끝내자 이번엔 파 열 단을 까라는 것이었다. 그것이 끝나자 다시 당근과 감자 껍질을 벗기고, 다음엔 오징어 배를 따서 손질하고 또 소라를 까서 손질하고…. 쉴 새가 없었다.

나는 매일 영업 전 주방에서 쓸 재료를 준비해주는 재료 담당이 된 것이다. 정말이지 누구에게도 칭찬 한번 받지 못하는 허드렛일이었지만 성공은 눈물 없이 이룰 수 없다는 어른들 말씀을 곱씹으며 최선을 다했다. 그렇게 부엌에서 잡일만 도우면서 몇 년을 보냈다. 언제쯤 자장면 만드는 기술을 배울 수 있을지, 잡일은 끝도 보이지 않았다.

하지만 지성이면 감천이라든가? 주인이 그런 내 모습을 잘 봤던지, 어느날 나를 불러서는 "배달자리가 비면 배달부로 한번 일해 보거라."라고 말했다. 그 말은 내가 주인에게 인정을 받았다는 말이고 한 단계 진급했다는 말이었다. 나는 뛸 듯이 기뻤다. 하지만 진짜 배달부로 일하는 것은 언제가 될지 알 수 없었다. 왜냐하면 언제 자리가 빌지 모르는 일이기 때문이다. 그러니 무작정 기다릴 수밖에 없었다.

그 시절엔 중국 사람이 한국에 왔다하면 어김없이 중국집을 차리던 것이 보통이었다. 금성원 주인이 바로 중국인 화교 1세였다. 대체로 그런 사람들의 특징이 남의 나라에 와서 장사를 하다보니 자존심을 버리고 정직하고 친절하게 일하는 것이었다. 옛날부터 장사 잘하는 당나라 사람이라 하지 않았던가? 그들은 손님의 비위를 잘 맞춰주고 단골로 만들기 위해 애를 썼다. 이러니 중국인들이 하는 중국집은 장사가 잘 될 수밖에 없었다.

'배달원 구함'이라고 창문에 써 붙여두면 하루에 스무명도 넘게 일하겠다고 계속 찾아 들어오곤 했다. 그래서 중국 사람들은 사람을 골라가며 종업원을 쓸 수가 있었다. 그러나 워낙 중국집 일이 고단하여 며칠 견디지 못하고 도망가는 아이들도 수없이 많았다. 그래서 처음 중국집에 들어오면 절대로 배달을 보내지 않는다. 왜냐하면 워낙 장사가 잘되니까 수금을 해 가지고 도망을 가버리기 때문이었다. 대개의 경우, 도망을 가면 찾을 수가 없었다. 집에 전화가 있나, 주소가 있나, 나가면 끝이다. 그래서 중국 사람들은 의심이 많아졌다. 하지만 그것은 우리나라 사람들이 믿을 만한 행동을 보여주지 못했기에 그럴 수밖에 없다는 것을 그곳에서 알게 되었다.

상당 기간을 지켜본 후에 믿을 만하다 싶으면 배달을 보내는데, 보내놓고서 오가는 길을 미행하기도 한다. 오랜 세월이 지나서 신뢰가 쌓이면 참 잘해준다. 드디어 기술을 한 가지씩 가르쳐주는 것이다. 하지만 이런 일은 백 명에 한 명 있을까 말까 한 드문 일이었다. 고생 끝에 드디어 내가 행운의 주인공이 되는 날이 온 것이다. 배달부로 승진한 것은 정말 신나는 일이었다. 하지만 배달일도 주방일만큼 고되고 힘들었다.

당시에는 배달통이 나무로 짜서 만든 것이었고 그릇도 사기그릇이었기 때문에 자장면 곱빼기 네그릇 정도만 담아도 한 손으로는 들 수 없을 만큼 무거웠다. 짬뽕이나 우동은 국물이 있기 때문에 더 무거웠다. 또 랩이 없던 시절이라 주전자에 국물을 따로 담아서 배달해야 했다. 배달 몇 군데만 다녀오면 배가 고파서 현기증이 났다. 입에서 단내가 날 정도였다. 사람이 산다는 것이 그렇게 힘든 것인 줄은 정말 몰랐었다.

나는 해뜨는 시간부터 해지는 밤까지 배달을 했다. 밀려드는 주문 때문에 점심을 먹을 시간도 없었다. 너무 배가 고파서 참을 수가 없었다. 가끔은 손님이 먹고 남긴 음식을 인적이 드문 곳에서 먹기도 했다.

배를 곯아보지 않은 사람은 이런 심정을 알 수가 없을 것이다. 잠에서 깨어나면 반복되는 일이라 어떨 때는 싫증이 나기도 한다. 그만두고 다시 철공소로 갈까 하는 마음이 들기도 했지만, 그때마다 꿈에 보았던 그 자장면 잔치가 생각이 나서 꾹 참았다. 꿈속에서 들었던 "세월이 변하여도 중국집하면 곯어 죽을 일은 없다"는 말을 다시 한 번 떠올리며 마음을 다잡았다.

이제 와 생각해보면 사람이 좋은 꿈을 가슴에 품고 간직할 수 있다는 것이 큰 축복이 아닐 수 없다. 참고 기다리는 자의 축복이 나에게도 이를 것이 아닌가 하고 기다리면서 눈물을 삼켰다.

금성원 시대

배달을 다니다보면 여러 사람들을 만나게 된다. 돈도 없이 일단 먹고 보자는 심보를 가진 사람부터, 돈 달라고 하면 다음에 준다고 하며 툭하면 외상인 사람까지 참으로 다양했다. 그런 사람들 때문에 곤란한 것은 만약 배달부가 외상을 떼이고 나면 월급에서 제한다는 것이다. 그래서 악착같이 수금을 해야 하는데 오히려 외상 먹은 주제에 손찌검까지 하는 파렴치한도 있었다.

그러면 오기로 죽자 살자 줄 때까지 기다려야 한다. 오죽하면 외상 안 하는 사람이나 외상값 잘 주는 사람을 천사라고 생각할 때도 있었다.

우리나라 사람은 자기보다 낮은 사람을 천하게 생각하여 말이나 행동을 함부로 하는 경우가 많은 것 같다. 나도 그런 이들에게 참으로 험한 꼴을 많이 당했다. 그럴 때마다 나는 '두고보자. 내가 당신보다 더 성공한 사람이 되고 말 테니…' 하고 이를 악물었다.

배달부가 되려면 그 동네 지도를 눈감고도 그릴 정도가 되어야 한다. 이것이 프로정신이다. 나는 배달부만 6년을 하면서 음식을 많이 보아 왔기 때문에 음식 빛깔만 봐도 정성이 든 음식인지 아닌지를 알 수가 있었다.

주인은 설거지 담당으로 나를 옮겨주기 위해서 배달은 다른 아이에게 물려주라고 했다. 그때부터는 주방에서 하루 종일 그릇만 씻었다. 당시는 그릇들이 다 사기그릇이라 많이 모아서 씻게 되면 그릇끼리 부딪혀 이빨이 빠지곤 했다. 그렇기 때문에 그릇이 나오는 대로 금방 금방 씻어야 했다. 손에서 물마를 시간이 없었다.

또 시간이 나는 대로 국수 빼는 연습을 계속 해야 했다. 밀가루 반죽에서 국수가 한 그릇 두 그릇 나오기 시작하면 그렇게 신기할 수가 없었다. 주방에서도 그릇 씻는 것보다 국수를 빼는 일이 월급이 훨씬 많았다.

끊임없는 노력에 노력을 더해 결국 수타면 뽑는 자리로 올라가게 되었다. 하루에 밀가루 2,3포 정도를 반죽해서 국수를 뺐다. 덩치도 크지 않은데, 그렇게 국수를 빼고 나면 몸에 있는 힘이 다 빠져나갔다. 그래도 면을 잘 뽑는다고 주방장님의 칭찬이 대단했다. 국수빼는 것도 타고난 기술이 있어야 하는데 나는 타고난 솜씨가 있는 것 같다며 치켜세워 주셨다. 그러나 그것은 힘도, 타고난 재주도 아닌 끊임없이 되풀이한 연습에서 나온 기술이었다.

중국집은 휴일이 한 달에 한 번인데, 대개가 첫째 화요일이면 쉬었다. 휴일이 되어 이곳저곳 구경하면서 밤이 늦도록 다니다보면 딴 세상에 와 있는 것 같았다. 그러다가 가게로 돌아올 때쯤이면 풀이 푹 죽었다. 왜냐하면 또 한 달 동안 주방에서 사람구경 못하고 죽도록 국수를 빼야 했기 때문이다.

당시 나는 술도 안 먹고 담배도 안 배웠다. 시간이 나면 아침에 일찍 일어나 체육관에 가서 운동을 배웠다. 누구에게 이기거나 복수를 하려고 한 게 아니라 내 자신을 위해서였다. 시간이 나는 대로 열심히 운동을 배워서 유도 공인 2단까지 올라갔다.

그렇게 운동을 열심히 배운 것은, 사람은 그래도 배워야 산다고 하는 나름의 철학이 있었기 때문이다. 당시 나는 비록 학교에서 배우지는 못했지만 금성원에서 배우기를 게을리 하지 않았다.

"그래 이곳이 나의 인생을 헤쳐 나갈 공부를 해야 하는 곳이다. 힘들어도 뭐든 열심히 배우자."

그것이 나의 인생 모토였다. 그러던 중에 금성원 주인이었던 화교 왕씨가 나의 잊을 수 없는 스승이자, 멘토가 되어 주었다. 본인은 모르겠지만 말이다. 주인 아저씨는 재료가 한 가지라도 떨어졌으면 그 재료가 들어가야 하는 요리의 주문은 절대 받지 않는 등, 매우 정직하게 장사를 하셨다. 한국인 주인이 있는 곳에서도 일을 해보았지만, 이 점은 우리나라 사람과 판이하게 틀렸다.

그 무렵, 식당재료 넣어주시는 아저씨께서 새로 개업하는 중국집이 생겼는데 이 정도 기술이라면 주방장으로 월급도 많이 받을 수 있을 거라고 하시며 자리를 옮겨보라고 하셨다. 생각해보니 이런 기회도 자주 찾아오는 것도 아닌 것 같아 한참을 망설이다 나는 가기로 하였다.

새로 옮겨간 곳은 주인 아저씨가 경찰관이시며 아주머님이 경영하시는 가게였다. 경찰관들이 많이 드나들었고, 장사도 참 잘 되었다. 손님들마다 음식이 맛있다며 주방장인 나를 칭찬했다. 금성원에서 나는 국수를 뽑는 사람이였지만 이곳에서는 주방장이었다. 내 밑에서 일하는 사람이 일곱 명이나 되었다. 내 말 한마디에 모두가 착착 움직였다.

밑바닥부터 시작하여 높은 곳에 올랐으니 내 인생은 하루하루가 행복의 연속이었다. 그러면서도 나는 가슴속에 먼 훗날 멋진 중화요리집 주인이 될 꿈을 계속 키워가고 있었다.

뜻밖에도 금성원 주인이 내가 일하는 곳으로 찾아오셨다. 내가 나간 후 손님이 줄기 시작했고, 특히 공무원들이 모두 안 온다고 하셨다. 왜냐하면 우리 집주인이 경찰서에 있기 때문에 입소문이 퍼져서 같은 공무원이 경영하는 곳에 몰린다고 하셨다.

또한 내가 한 곳에서 오래 있다 보니 모두들 나를 잘 알고 있기 때문에 장사에 지장이 있다는 것이다. 나는 한때 내가 모시고 있었던 주인 말을 무시할 수가 없었다.

금성원 주인 아저씨는 대구에 있는 친구가 하는 반점에 주방장으로 넣어 준다면서 김천을 떠날 것을 부탁하셨다. 나는 굳이 김천에 있을 이유가 없다고 판단하여 결국 대구로 내려오게 되었다. 그때부터 대구가 나의 터전이 되었다. 대구로 온 나는 로얄호텔앞에 있는 중화반점에 주방보조로 일하게 되었다. 우리 반점은 대구의 유력인사들이 많이 오시는 집이었다. 지금 생각해보니 그때는 몰랐지만 그 당시 민주당 총재이셨던 김영삼 전 대통령에게도 요리를 해드리기도 하였다.

배필을 찾아 대구로 가다

인간은 외로운 존재라고 한다. 즉, 외로움은 인간이 영원히 가지고 가야 할 동반자이고 풀지 못할 숙제라는 것이다. 그래도 외로움을 극복할 수 있는 방법이 있지 않을까? 마음을 열고 다른 사람에게 사랑을 베풀고 살면 외로움이 차지할 자리에 사랑과 애정, 행복이 가득할 것이다. 하지만 많은 사람들이 자신이 받을 상처가 두려워 자기 자신을 꽁꽁 숨기고 사느라 모두들 외로운 것이 아닐까.

사춘기였던 시절이 어떻게 지나가는지도 모르고 살았던 나였다. 하지만 열아홉 살이 되자 사춘기적 열병을 앓기 시작했다. 시간이

갈수록 점점 외로움을 느끼게 되었다.

그때 주인이 가게를 정리하고 중국으로 들어가게 되어 나는 곧 다른 곳에서 주방장으로 일하게 되었다. 주방보조에서 주방장으로 일하니 여유가 생겨서 그런지 이성에 눈을 뜨게 되었다. 나를 인정해 주는 좋은 직장에서 일하고, 또 가진 건 많지 않지만 남을 도와주면서 잘살고 있던 내게는 큰 고민이었다.

'참! 이 노릇을 우짜노. 부모가 있어 가정의 따뜻함을 배울 수 있는 것도 아니고, 변변한 친척이 있어서 나한테 장가가라고 중매를 넣어 줄리도 없고…' 라고 생각하면서 장가갈 걱정이 태산 같았다.

이성에 호기심을 가지는 사춘기도 있는지 없는지 모르게 지나쳤고 그렇게 여자에 별 관심이 없었던 나였지만 외로움만은 어찌할 수가 없었다. 손님으로 오는 여학생을 보면 내 처지가 부끄럽고 창피하면서도 설레고 두근거리는 마음은 숨길 수 없었다. 하지만 주방장이 되고 나이가 차자 장가 가고 싶은 마음이 들었다.

그때만 해도 주방장 500명을 세워 놓으면 400명은 장가를 못 가는 것이 현실이었다. 그래서 중국집 주방장들은 거의 노총각들이었는데, 대개 주방장들은 무식한 칼잡이로 인식되어 신랑감으로는 자격이 미달이었기 때문이다.

　주방장들 사이에서는 여자를 만날 때는 절대 직업이 주방장이라고 하면 안 된다는 웃지 못할 농담들이 진담처럼 돌았다. 선배 주방장들은 후배들이 여자를 꼬실 때 직업이 주방장이라는 말은 하지 말라고 신신당부를 하곤 했다.

　이런 우스갯소리도 있었다. 여자를 만나러 나가서 직업 이야기를 하다가 직업이 '주'라고 말하면 여자가 놀라 쳐다보고, '방'이라 하면 벌떡 일어서고, '장'이라고 하면 후다닥 도망간다는 거였다.

　옆집의 주방장들을 보니 정말 한심했다. 이러다가는 나도 같은 꼴 당할 것이 자명했다. 나는 곰곰이 생각했다.

　"그래, 중국집 사장이 되려면 먼저 장가부터 가야겠다."

　가진 것이라곤 쥐뿔도 없는 놈이 장가부터 가고 중국집을 차리겠다는 야무진 꿈을 가졌으니 지금 생각해도 나는 돈키호테였다.

　이렇게 생각한 데에는 나름대로의 이유가 있었다. 내 자금 형편으로는 배달과 홀 관리하는 종업원을 따로 두기는 어려울 것이라고 생각되었기 때문이었다. 하지만 아내가 있다면 모두 해결되는 문제가 아닌가? 아내가 돕는다면 월급 따로 주지 않아도 될 것이라고 생각이 든 것이다.

　더군다나 지금 나는 무척 외로웠다. 어렸을 때 가출한 이후로 줄

곧 타지에서 외롭게 자랐다. 아내가 차려주는 따스한 밥도 먹고 싶고, 도란도란 속마음을 터놓고 얘기할 수 있는 상대도 필요하고, 아이들과도 아옹다옹 부딪히며 살고 싶었다. 또 아프면 약도 사다 주고 서로 병간호도 해주고, 초라할지라도 마음 편히 다리 뻗고 자고 쉴 수 있는 집도 갖고 싶었다.

그러나 마음은 굴뚝이었지만 여자를 만나는 길은 막혀 있었다. 신경 써서 중매해줄 만한 가족이나 일가친척도 없고, 주변엔 제 코가 석자인 노총각들만 득실거리니 참 갑갑한 상황이었다. 만나는 여자라곤 가게에 음식 먹으러 오는 사람뿐인데, 더구나 그중에 처녀는 없고 가족과 동반해서 오는 유부녀들뿐이었다.

누군가에게 소개를 받아 장가를 가기는 애당초 그른 일이었다. 나는 '그래, 자기 장가는 자기가 가야한다 아이가' 하고 생각했다.

나는 결혼할 여자를 찾아나서기로 했다. 10시 30분에 반점 일을 다 마치고는 통행금지 시작 전까지 밤마다 돌아다녔다. 그 시간엔 근처의 만경장, 자유극장 등지에서 영화를 본 사람들이 쏟아져 나왔다. 부근에는 공장도 많아서 여공들이 많았다. 용기를 내 지나가는 여자들한테 수작을 걸어 어렵게 자리를 같이하기도 해보았지만 직업이 주방장이라고 하면 아니나 다를까 다 기겁하고 꽁무니를 뺐다.

식초 냄새, 단무지 냄새를 없애려고 목욕도 자주하고 옷도 깨끗이 빨고 말린 수고도 헛되게 몇 달이 가도록 여자를 사귈 수가 없었다. 마음이 어찌나 답답하고 애가 타던지 자다가도 벌떡 일어나 냉수를 한 사발씩 들이켜야 겨우 진정이 되었다.

"그래, 무대를 한번 옮겨 보제이. 이 시내는 잘 안되니 이제 대구역으로 가보는기다. 고기가 안 걸리면 낚시 밥을 다른 데 놓는기라."

그날은 마침 쉬는 날이라 거렁뱅이들에게 도움도 줄 겸 겸사겸사 대구역으로 향했다. 거지들에게 돈을 나눠주고 나니 특별히 할일이 없어 혹시나 하는 마음에 지나가는 여자들을 훑어보는데 한 여자가 눈에 확 들어왔다.

아가씨 하나가 짐 보따리를 들고 지나가고 있었다. 솔직히 처음에 눈에 들어온 건 아가씨의 얼굴이 아니라 큰 엉덩이와 풍만한 젖가슴이었다. 엉덩이 큰 여자치고 맘씨 나쁜 여자 없다고 들었다. 또 엉덩이가 커야 힘든 일도 척척 해내고, 애도 쑥쑥 잘 낳지 싶었다. 더군다나 젖배 곯고 엄마가 그리운 내게 크고 풍만한 가슴은 그야말로 모성애를 느끼게 하는 고향과 같은 황홀경이었다. 나는 지체 없이 여자 뒤를 따라갔다.

"어디 가십니꺼?"

"구미 사곡 갑니더."

맛있는 음식만 먹고 햇볕에 그을리지 않는 실내에서 일을 하는지라 기름지고 뽀얀 내 얼굴에 거부감이 들지 않았던지 처녀는 싹싹하게 대꾸해 주었다. 나는 얼른 아가씨가 들고 있는 보따리를 들어주었다. 그리고 구미 가는 표를 끊었다. 열차에 올라가니 완행열차라 사람이 많지 않았다. 요행히 자리 두 개가 나란히 났다. 자리에 앉자 가슴이 두근두근 뛰고 침이 바싹바싹 말랐다.

처음으로 처녀와 제대로 된 대화를 하게 된 것이다. 나는 정신을 가다듬고 전부터 준비해 두었던 이야기들을 끄집어내며 좋은 분위기를 만들어갔다. 그리고 껌도 하나 사서 아가씨에게 건넸다. 나도 모르는 사이에 껌을 하나씩 까서 다 주었는데, 이 가슴이 풍만한 아가씨는 처음 보는 남자가 주는 걸 사양하지도 않고 넙죽넙죽 받아먹으며 한꺼번에 꾹꾹 씹었다. 어이가 없었지만 그 모습이 꾸밈없고 참 순진해 보여 좋았다.

내 얘기에 제법 귀 기울이던 아가씨가 마침내 내 직업을 물었다. 얼마나 연습하고 준비해 두었던 질문인가? 나는 침착하게 대답했다.

"저는 중화요리 주방장입니더".

아가씨는 무척 놀란 모양이었다.

우리는 그날 중국집에서 자장면으로 점심을 먹었다. 그런 후 직지사에 올라가 경내를 나란히 구경하고, 그 곳 언저리를 가볍게 산책했다. '내가 지금 여자와 데이트를 하고 있단 말인가. 꿈에서나 가능할 것 같던 일이 현실로 이루어지다니…' 이 기회를 놓치고 싶지 않았다. 이 여자랑 여기서 헤어지면 다시는 여자를 만나지 못할 것 같았다.

그날 헤어질 무렵 직지사 부근 나무 아래서 나는 난생 처음 보는 이 아가씨 앞에서 펑펑 울고 말았다. 그때는 왜 그리 눈물이 쏟아졌는지 모른다. 부모 없이 자란 외로움과 장가가고 싶다는 간절함에 맘에 쏙 드는 여자를 만나니 그만 고여 있던 눈물이 둑이 터지듯 줄줄 흘렀다.

맘씨 곱고 여린 아가씨는 어린애처럼 엉엉 울며 자기와 결혼해달라고 우는 내 모습이 안쓰럽기도 하고 감동스러웠는지 다시 만나자고 애원하는 내 청에 당황해하면서도 고개를 살포시 끄덕였다.

누가 번갯불에 콩 볶아 먹는다고 했던가? 그야말로 내가 번갯불로 콩 구워먹듯 장가가려고 덤벼든 사람이었다. 지금 생각해도 어떻게 그런 용기가 있었는지 정말 우습다.

평생의 동반자와의 만남

　지금 생각해도 몇 달 동안 휴일마다 대구 시내 전역을 돌며 결혼할 아가씨를 찾아다니지 않았더라면 오늘의 내가 있었을까 싶다. 배우자를 만날 꿈을 포기하지 않고 열심히 노력하니 그토록 원하던 이상형의 아가씨가 내 사람이 된 것이다.

　대구역 대합실에서 만나, 구미 사곡까지 따라가서 결국은 대답을 얻어내었던 일이 어제 일만 같다. 그 아가씨의 이름은 구영숙이고, 구미의 한 직물공장에서 일한다고 했다. 꿈만 같던 데이트가 끝나고 나는 내가 일하는 반점 전화번호를 적어주며 신신당부를 했다.

"꼭 전화 주이소. 다음에 꼭 만나주서야 합니더."

그날 이후, 주방일을 열심히 하고는 있었지만 머리는 온통 영숙 씨 생각뿐이었다. 하지만 기다리던 전화는 오지 않았다.

만난 후 보름 정도 되었을까? 주방으로 조그마한 종이 한 장이 들어왔다. 면회라는 것이다. 세상에 나한테 면회 올 사람이 어디에 있다는 말인지, 손님께 음식을 잘못 내주어 혼내주려고 하는건가 싶어 주방에서 앞치마를 풀고 나가보았다. 그런데 이게 웬일인가? 영숙 씨가 친구들과 함께 찾아왔던 것이다. 한편은 반가워서 어쩔 줄 몰랐지만 한편은 내 집이 아니고 남의 집에 있는 것이 좀 부끄러웠다.

손님이 계속 들어오는 바람에 앉아서 이야기할 시간이 나지를 않았다. 나는 영숙 씨에게 "오늘 저녁 11시에 만나서 다시 이야기합시더."라고 말했다. 그랬더니 오늘은 야간 근무를 하는 날이라 안 된다고 하는 게 아닌가? 태어나 처음으로 아가씨를 만났는데 이러다가 헤어지는 것이 아닌가 하여 불안한 마음을 떨쳐버릴 수 없었다.

결국 나는 반점의 주인에게 보름 정도 휴가를 얻어, 영숙 씨가 근무한다는 구미의 직물공장 앞까지 찾아갔다. 그리곤 퇴근시간까지 기다리고 있었다. 공장 문 앞에서 서성이다가 저 멀리에 그녀의 모습이 눈에 들어왔다. 반가운 마음에 나는 한달음에 달려가 "영숙 씨!"

하고 불렀다. 깜짝 놀란 그녀는 "이 시간에 어떻게 된 일입니꺼?" 하고 물었다. 내가 당분간 휴가를 얻었다고 말하자 영숙씨는 "잘하셨네예"라며 자신도 일주일 정도 휴가를 내겠다 하는 게 아닌가? 그러면서 처음 만남 때 다음에 꼭 만나달라던 약속이 이루어졌다.

나는 중국집에서 일하면서 모아둔 돈이 꽤 많이 있었다. 정기적금도 있었고 보통예금도 많이 있었던 것이다. 그래서 당분간 돈 걱정이 없었다. 뜨겁게 달아오르는 나의 첫사랑의 불은 걷잡을 수 없이 타오르기 시작하였다. 우리는 달성공원을 걷기도 하고 오고파다방에서 만나기도 했다. 만날 때마다 주고받을 이야기가 무엇이 그리 많은지, 시간은 또 왜 그리도 빠른지. 다방 주인이 문닫을 시간이니 나가 달라고 해야 자리에서 일어났다. 하루는 다방에서 나왔는데도 같이 있고 싶은 마음에 눈앞에 보이는 한 여인숙으로 영숙 씨 손목을 잡고 무조건 들어갔다. 영숙씨는 밖으로 다시 나갔다. 부끄럽고 쑥스러웠기 때문이리라. 하지만 잠시 후에 통행금지도 있을 테니 방 안에서 앉아서 이야기만 하자고 굳게 약속한 후, 여인숙비 2,500원을 내고 7호실로 들어갔다.

우리는 밤새도록 이야기를 주고받으며 아무 일 없이 밤을 지새고 아침을 맞았다. 여인숙을 나온 우리는 그길로 버스를 타고 유원지로

향했다.

그곳에는 할머님들이 나들이를 오셨는지 빙 둘러앉아 맛있는 음식을 드시고 계셨다. 우리는 저녁과 아침을 안 먹은 터라 음식을 보는 순간 시장기가 느껴지고 입에서는 군침이 돌았다. 먹고 싶은 마음에 기지를 발휘하였다.

"할머님들 재미있게 노시는데 제가 노래 한곡 불러도 되겠습니꺼?"

그렇게 인사를 하고는 가수 김상진의 〈타향도 정이 들면〉이라는 노래를 불렀다. 멋들어지게 노래를 불러드렸더니 감탄을 하시며 한번 더 불러 달라고 야단이었다.

다시 김상진 씨의 〈이정표 없는 거리〉를 앵콜송으로 불러드렸다. 그랬더니 아니다 다를까, "젊은 총각이 노래를 참 잘하는구먼. 우리가 뭐 줄 건 없고, 여기서 밥이나 들고 가시게." 하시며 우리에게 음식을 나눠주셨다. 음식을 받아서 먹는 나의 기지와 노래 솜씨에 영숙 씨가 기절할 것 같은 표정을 지었다.

영숙 씨는 "지가 일하는 공장이요, 남자 기사들이 작업 중에 노래를 많이 부르는데 권용 씨 만큼 노래 잘하는 사람 못봤어예" 하면서 칭찬을 해주었다. 부모 사랑 한번 제대로 받아본 적 없는 나로서는 영숙 씨의 그 같은 마음씨에 흠뻑 빠져들었다. 영숙 씨도 가난한 가정환경 때문에 대봉초등학교 밖에 졸업하지 못하고 어린 나이에 직물공장에 입사하여 지금까지 공장에서 힘든 일 하면서 살아왔다고 했다. 지금까지 마음껏 자유롭게 놀아본 일이 없어 지금 함께 있는 것이 너무 좋다고 하였다.

우리는 대구 시내 유원지란 유원지는 다 구경하고 다녔는데 당시는 돈 많은 재벌도 부럽지 않았다.

그렇게 놀다보니 모아두었던 돈을 제법 많이 쓰게 되었다. 휴가가 끝난 후, 다시 돈이 모일 때까지 열심히 일을 하였다. 몇 달이 지나서 이번에는 영숙 씨가 반점으로 찾아왔다. 부모님께서 내가 쉬는 날 한 번 만나자고 하셨다고 한다.

드디어 영숙 씨의 부모님을 만나는 날이 되었다. 제일 깨끗한 옷으로 갈아입고, 나서기 전 구두는 열번도 더 닦았다. 광을 얼마나 열심히 냈는지 정말 파리가 앉았다가 미끄러질듯 하였다.

그러고나서 영숙 씨가 주인집 번호라며 적어준 전화번호로 전화를 걸었다. 그 당시는 전화 있는 집이라면 부자축에 끼었고 동네 쌀집에나 연탄집 이런 데라야 전화가 있었다. 주인집에 전화를 걸어서 영숙 씨를 바꿔 달라고 했다. 하지만 바꾸려면 오랜 시간이 걸렸다. 왜냐하면 전화주인이 직접 방까지 가서 불러와야 하기 때문이었다.

그러나 전화를 받는 영숙 씨도 주인의 눈치를 보았을 것이다.

영숙 씨가 가르쳐준 대로 버스를 타고 대봉교에서 내렸더니 마침 영숙 씨가 기다리고 있었다. 영숙 씨가 이끄는 대로 골목골목 지나는데, 그야말로 하늘밑 1번지 달동네였다. 길바닥은 흙탕물로 첨벙거리고 벽은 시커맸다. 동네 주민들도 한결같이 다 어려운 사람들처럼 보였다. 마침내 다 왔다며 영숙 씨가 가리키는 건물이 보였다. 그런데 건물 전체가 판잣집 같았다. 가까이 가서 보니, 칸칸마다 숫자가 붙은 방이 열두 개가 있었고 월세 사는 사람들로 가득차 있었는데 마치 포로수용소 같았다.

그 집에서 영숙 씨집은 5호실이었다. 방으로 들어가 보니 장인 될 분은 중풍으로 누워 계시고, 장모님은 인물도 너무 못났고 키도 작고 볼품이 없었다. 처남 둘은 별표가방 공장에 다닌다고 하였다. 또 처제는 국민학교 3학년이었다. 아무리 봐도 너무나도 서글픈 환경이었다.

그 상황을 접하고 나니, 나도 가난하게 자랐는데 앞으로 결혼하면 맏사위로 해야 할 일이 너무 크다는 점을 생각하지 않을 수가 없었다. 영숙 씨와 정든 것을 생각하면 그만둘 수도 없고, 결혼을 하자니 앞날에 뾰족한 일도 없겠고…. 마음이 답답했다. 저녁 식사를 차려 먹는데 밥상에서 모두가 눈을 감고 뭔가를 중얼거린다. 나는 난생 처음 보는 일이었다. 영숙 씨에게 물어보니, 자기네 집은 기독교이기 때문에 밥먹기 전에는 항상 감사하는 기도를 한다고 하였다.

기독교가 뭐하는 건지 나는 전혀 알 수 없었다. 내가 자란 시골에는 교회가 없었기 때문이다. 종교라고 해야 밤에 달을 보고 손 비비는 것 외에는 아무것도 몰랐다. 처가 식구들을 보니 중학교 졸업한 사람 하나 없는데다가 모두가 살기가 힘겨워 보였는데 감사기도라니,그 말이 엉뚱하게 들렸다.

월셋방 사는 사람들은 낯선 사람이 오자 얼굴 한번 보려고 창문으로 머리를 내밀고 나를 쳐다본다.

나는 제일 먼저 집주인에게 찾아가서 인사를 드렸다. 방에 들어가서 이런저런 이야기를 나누다보니 그분도 교회 장로님이라고 하셨다. 대구성지교회 조영옥 장로님이시란다. 인물이 참 좋으신 분이었다. 부인께서도 교회 권사님이셨는데 말씀하실 때 부정적인 말씀보다 희망을 주시는 분이었다. 나에게 하시는 말씀이, 영숙이가 집에 있어봐야 생활만 어려워지니 결혼식을 빨리하여 식구 한 사람이라도 입을 줄여 주는 것이 가정에 도움이 된다고 하셨다. 장모 되실 분은 교회사찰을 그만두고 할 만한 일도 없고 하여 중앙공원 옆에 있는 중앙시장 난전에서 반찬을 만들어서 파신다고 하였다. 교회에서 음식을 많이 하시다보니 솜씨가 아주 좋다고 하셨다. 한번 반찬을 사먹어 본 사람은 반드시 다시 찾아올 정도로 음식이 인기가 대단한 분이시라는 것이다.

얼마 후에 다시 영숙 씨 집에서 만나자고 하는 기별이 왔다. 그래서 다시 가보았더니 장인 어른 될 분이 중풍으로 고생을 하시다가 병이 깊어 세상을 떠나실 날이 되어간다고 모두가 걱정이 이만저만이 아니었다. 세상 물정 모르는 나는 어떻게 해야 할지 몰라 그저 방 안에서 얼굴만 바라보고 있을 뿐이었다.

영숙 씨가 장인을 보면서 "아버지, 고생만 하시다가 이래 가시면 우리가 죄만 짓는 것 같습니더. 얼른 일어나이소, 예! 우리가 결혼해서 중국집 차리면 제일 먼저 아버지 따근따근한 우동 한그릇 해드릴 게예." 하자, 방에 있는 우리들은 모두 눈물바다가 되었다. 영숙 씨는 맏딸이었다. 누워 계신 아버지의 얼굴을 비비면서 "아버지 천국 가시는 길에 면도라도 깨끗이 해드리겠습니다." 하면서 바가지에 물을 담아 와서는 얼굴에 적시고 까끌까끌한 수염을 정성들여 다 깎아드렸다. 그리고 밥도 숟가락으로 한 술 두 술 먹여드렸다.

그리곤 눈을 감고 소천하시는 장면을 우리 모두 지켜보았다. 세상을 떠나신 분이 깊은 잠을 자는 것 같아 보였다. 얼굴이 편하게 보였다. 모두들 기독교 묘지에 모시고 싶어했지만, 그러려면 돈이 꽤 든다고 했다. 오는 사람 가는 사람 모두가 나를 보고 큰 사위가 책임을 져야 한다며 물질 문제를 나에게 떠넘겼다. 아무리 궁리해도 그만한 돈은 없었다. 어쩔 수 없이 상의를 하여 화장을 하기로 했다.

작은 돈이지만 함께 모아서 당시 이군 사령부 뒤에 있는 화장터에서 화장을 하여 동촌다리 밑에다 뿌려드렸다. 그런데 강풍이 불어서 뼛가루가 나에게 날아들어 옷 안으로 들어왔다. 뼛가루가 온몸에 소복하게 쌓였던 것이다. 옷을 벗어 몸을 다 털어내야 할 지경이었다.

당시는 내 나이도 어린지라 무섭기도 했다. 혹시나 장인 귀신이 내 몸에 붙지는 않았는지 마음이 영 편치 않았다.

장례를 마치고 집으로 가는 중에 집주인이신 조 장로님께서 고생 많이 하셨다고 말씀해주셨다. 장례 치르는 데 많은 도움을 주신 분이다. 지금 생각해보면 참 고마운 집주인이시다.

나는 사람이 남에게 도움을 받았으면 당연히 그것을 남에게 전해주는 것이 인간의 도리라고 생각했다. 나는 가난의 처참한 현실을 누구보다도 많이 보고 많이 느낀 사람으로 꼭 잘살 것을 소원으로 삼고 살아왔다.

그렇게 처갓집으로 돌아와 보니 앞이 막막하였다. 어린 처남들도 살아갈 길이 막연하였다. 이러한 현실을 보면 결혼이고 뭐고, 다 버리고 도망치고도 싶었다. 하지만 영숙 씨를 두고 헤어질 생각은 도저히 할 수가 없었다. 서로 마음 맞춰 잘 사는 것 외에는 방법이 없다고 여겨졌다.

나 역시도 중국집에서 일을 하지 않으면 단돈 천 원짜리 한 장도 만질 수 없는 형편이었다. 마음을 다잡고 열심히 일을 하면서 월급을 차곡차곡 모았다. 그리곤 휴일이 되면 영숙 씨 집에 놀러가 사위 노릇도 했다. 장모님께서 연애는 오래 하면 좋을 것이 없다며 간소하게나마 결혼식을 올리자고 하셨다. 나도 오래 있어봐야 특별한 것도 없고 해서 날짜를 정하였다.

한편으론 총각에서 어른이 된다는 마음의 부담도 있고 앞으로 살아갈 것이 막연하여 두려웠다. 나 혼자몸이야 중국집에서 먹고 자면 되지만, 함께 합쳐 가정을 꾸려나가는 것이 그렇게 쉬운 일은 절대로 아니라는 것을 잘 알고 있었다. 하지만 내겐 선택의 여지가 없었다.

결혼식날을 정해두고 하루하루 준비를 해나갔다. 준비라고 해봐야 날짜만 기다리는 것뿐이었다. 청첩장을 찍어봐야 줄 사람도 없고 해서 몇몇 군데 연락을 해 두는 것을 대신했다. 영숙 씨도 친척분들이 없어 청첩장을 만들 필요가 없었다.

혼수예단이라고 해야 처갓집에서 신랑인 나에게 월부로 감색 양복 한 벌을 해주는 것이 고작이었다. 그나마 돈을 갚지 못해 양복을 양복점 주인에게 빼앗겨서 찾을 수가 없었다. 다행히 장모님이 사시는 집의 주인이 장모님 댁이 형편이 어려운 것을 보고 꾸어 주서서 월부로 매달 조금씩 갚기로 하고 겨우 찾을 수가 있었던 것이다. 그렇게 해서 나는 세상에 태어나서 처음으로 양복을 입어보았다.

나는 영숙 씨에게 화장품 한 세트와 양장 한 벌을 해주었다. 결혼식 날이 되어 설레는 가슴을 안고 예식장에 들어섰다. 대구에서 제일 싼 예식장인 달성예식장으로, 주로 서민들이 찾는 예식장이다. 양가 모두 친척이 별로 없다 보니 예식장은 썰렁했다. 텅빈 듯한 가슴을 안고 하객들이 오기만을 기다렸지만 반점주인 부부만 오시고 내 친구 두 명 정도에 시장 상인 몇 분이 전부였다. 말로 표현할 수 없이 착잡했다.

어쨌든 우리는 처가댁 집주인이신 장로님의 주례로 쓸쓸한 결혼식을 마치고 신혼여행을 떠났다. 신혼여행지는 대구 동촌, 장인의 유골을 뿌린 곳이었다. 영숙 씨는 흐르는 강물을 바라보며 눈물을 흘리고 있었다. 나도 살아갈 길이 막연하여 신혼여행지에서 눈물을 많이 흘렸다.

하루를 뜨겁게 달구던 태양이 서산으로 기울 무렵 우리는 처갓집으로 돌아왔다. 워낙 형편이 어려웠던 우리는 좋은 집을 얻을 수가 없었고 그래서 처갓집 부근에 그 당시 십오만 원을 주고 사글세방을 얻었다. 신혼방이었지만 방 안에 있는 것이라고는 이불과 베개밖에 없었다. 가난했지만 우리는 행복했다.

결혼 후 얼마 지나지 않아 우리 가정에 경사가 생겼다. 큰 아들이 태어난 것이다. 나도 이제 아버지가 되고 영숙 씨는 어머니가 된 순간이 온 것이다. 부모라면 누구나 자녀에게 관심을 기울일 수밖에 없다. 아들은 아무 탈 없이 무럭무럭 잘 자라 주었고, 곧바로 동생이 태어났다.

아이들이 자라나면서 생활비도 제법 많이 들어가기 시작했다. 월급으로는 생활비가 턱없이 부족했다. 그래서 우리 부부는 독립의 꿈을 가지고 장사를 해보기로 했다. 장사 밑천도 넉넉지 않았던 우리 부부는 친척집마다 찾아다니면서 돈을 부탁하였다. 모두가 구해보 겠다 하시면서 기다려 보라는 것이었다. 혹시나 반가운 소식이 오나 하며 기다려 보아도 한 사람도 연락이 없었다. 참담한 현실 속에서

다시 주방장으로 돌아 가야 하나 아니면 빚을 내서라도 사업을 해야
하나 고민이 많던 시간이 흘렀다.

가난 때문에 꿈을 펼칠 수 없다는 현실이 지겨워지기도 했다. 하
지만 가난하면 가난한 대로 참고 인내하면 좋은 일이 오는 법이니,
가난한 것도 인생에 훈련이라 생각했다. 참고 기다리는 자가 복을
얻는다는 것은 진리이다. 그러므로 어려운 때란 복이 오는 날을 기
다리는 때와 같다고 할 것이다.

사기 밥그릇

내게는 아끼는 물건이 하나 있다. 그것은 볼품없는 밥그릇이다. 이십 년이 넘도록 나는 그 밥그릇을 소중하게 간직하고 있으며 때때로 꺼내서 들여다보곤 한다. 그러면 그날 밤의 광경이 눈에 선하게 떠오른다. 눈을 맞으며 길가에 앉아 계시던 할머니의 모습, 고부가 서로 양보하느라고 라면이 왔다 갔다 하는 모습, 내 손을 꼭 쥐고 고마워하시던 할머니의 얼굴….

주방장 시절, 결혼을 하고 얼마 안 되었을 때이니 이십 년도 더 전의 일이다. 차비를 아끼느라고 반점에서 집까지 그 먼 길을 뛰어서 출퇴근 하곤 하였다. 반점 일이 끝나면 대개 밤 열한 시. 그날은 눈이 내렸다.

집을 향하여 뛰어가는데 할머니와 아기를 업은 젊은 여자가 눈을 맞으며 길가에 주저앉아 있는 모습이 눈에 들어왔다. 서로 꼭 끌어안은 채로.

그 모습이 너무 가엾고 안쓰러워 다가가 물었다.

"와 거기 그렇게 앉아 계십니까?"

"중동교에서 버스를 내려야 하는데 고마 잘못 내려서… 이제는 버스도 끊어지고… 얼어 죽을까봐 이러고 있는 거야…."

할머니는 얼어서 잘 떨어지지 않는 입으로 간신히 더듬거렸다.

"여관이라도 가시지예."

"돈이 없어서…"

"대구에는 우예 왔는데예?"

할머니의 아들이 대구 공사판에서 일을 하다 사고를 당했다는 전보를 받고 부랴부랴 올라왔다가 그만 길을 잃어버리는 바람에 아들도 못 만나고 한데서 자게 생겼다는 것이었다.

나는 할머니 일행을 우리 집으로 모셨다. 얼마나 오래 길가에 앉아 있었는지 머리털과 눈썹이 다 얼어 있었다.

아내가 깜짝 놀랐다. 한밤중의 불청객이 반가울 턱이 없다. 당시 우리는 단칸 셋방에서 살고 있었다.

마누라가 나를 마당으로 끌고 나왔다.

"머하로(무엇하려고) 데리고 왔는교?"

"저런 사람들한테 잘 해주어야 복 받는기다. 우리는 처갓집 가서 자자."

말은 그렇게 해도 아내는 워낙 순하고 착한 사람이다. 라면 세 개를 삶아 들여주고는 먼저 근처 친정으로 갔다.

연탄 아궁이를 활짝 열어 놓고 방 안으로 들어가 보니 시어머니와 며느리가 서로 양보를 하느라고 라면 그릇이 왔다 갔다 한다. 그 모습이 그렇게 아름다울 수 없었다.

이불을 내주고 처갓집으로 왔더니 장모님이 걱정을 하신다.

"사람 잘못 들여놨다가 도둑 맞으면 우쩔라꼬…"

"냄비 몇 개 놓고 사는 형편에 훔쳐갈 게 뭐 있겠는교?"

"그래도 도둑 눈에는 훔쳐갈 기 보이는 기다."

다음 날 아침 가보니 방은 말끔히 치워져 있는데 사람들이 보이지 않는다.

'그냥 가버리셨나?

그날 낮에 할머니가 나를 찾아오셨다. 손에 들고 오신 하얀 사기 밥그릇을 내놓으시며 하시는 말씀이,

"이 밥그릇으로 늘 복 많이 받게. 이 가정에 복이 넘치기를 비네."

그러고는 내 손에 꼭 쥐어주신 다음 가버리셨다.

할머니께서 주신 그 하얀 사기 밥그릇은 좋은 물건은 아니다. 길거리 어디에서나 살 수 있는 싸구려였다. 하지만 이십 년이 넘도록 나는 그 밥그릇을 소중하게 간직하고 있으며 때때로 꺼내서 들여다보곤 한다. 그러면서 그들의 모습을 닮으리라던 내 다짐을 다시 한 번 되새긴다.

"몇 억 성금은 멀고 한 푼 적선은 가깝다." 는 말이 있다. 사람은 돕는 데에도 때가 있는 것이다. 이것이 가난을 밑천으로 살아온 나의 철학이다. 돈을 모으는 동안 도와야 할 사람은 자기 옆을 지나쳐 가버린다. 그렇게 열 사람, 백 사람을 지나보내고 나중에 천 번째 오는 한 사람을 크게 돕겠다고 맘먹는 것은 우습지 않은가?

신문이나 방송을 보면 평생 모은 재산을 사회나 대학에 내놓는 사람들의 미담이 나온다. 놀라운 것은 그런 일을 하신 분들은 한결같이 행상, 생선장수, 배추장수 같이 고생스런 일을 해온 분들이라는 사실이다. 신문에 난 그런 분들의 사진은 언제나 한참 동안 들여다

보게 된다. 뭐가 달라도 달라 보인다. 오랫동안 뜻을 마음속에 담아 오지 않았다면 그런 용기가 나올 수 없다고 생각하기 때문이다. 술에 과일을 넣으면 그 향과 즙이 우러나는 것처럼 고운 뜻을 오래 품고 산 사람은 반드시 얼굴에 그 생각이 자연스럽게 배어날 것이다.

이런 분들을 바라보는 눈이 사람마다 똑같지는 않은 것 같다. 겉으로는 모두들 대단한 사람이라고 감탄을 하지만 속마음은 제각각이다.

돈이면 모든 것이 다 되는 듯한 세상, 돈이 없으면 바보 취급당하는 세상, 남 주기는커녕 남의 것 잘 빼앗아야 부자도 되고 권력도 쥐게 되는 세상이라고 생각하는 것이 현실이다.

솔직히 말하면, 나는 평생 모은 돈을 말년에 자선 단체나 사회단체 같은 곳에 한꺼번에 바치는 것을 존경하지만 꼭 그런 방법에 찬성하지는 않는다.

보통 사람들 중에 그런 행위를 할 수 있는 사람은 아주 적다. 모르긴 몰라도 백만 명 중에 한 명도 나오기 힘들지 않을까. 그렇기 때문에 그런 보기 드문 행위만이 자선이요 봉사로 카메라 세례를 받게 되면 작은 손길들은 주눅이 들지 않을 수 없다. 주눅이 드는 것까지는 좋다. 문제는 백 원, 천 원밖에 낼 돈이 없는 사람들이나 그 정도 이상의 적선을 할 마음이 없는 보통 사람들의 체념 또는 무관심을 부추기게 된다는 것이다. "나중에 좀 살 만한 여유가 생기면 돕지." 하는 말이 나오는 것도 그래서이다.

내 경험으로 보면 그런 사람은 결국 남을 돕지 못하게 된다. 재벌이라면 몰라도 보통 사람들한테는 쓰고 남아서 남을 도와줄 여윳돈이란 절대로 생기지 않는 법이기 때문이다.

평범한 사람들에게 돈이란 언제나 모자라는 것이다. 돈이란 많이 생기면 생길수록 쓸 데도 많아지는 법이다. 그래서 점점 더 많은 돈을 갖고 싶어하는 것이다. 돈이 많을수록 남을 위해서 쓰기는 더 어려워지는 것이 그 때문일 것이다. 또 모든 부자가 그렇지는 않겠지만, 대체로 돈을 모으려면 인색해야 한다. 깍쟁이 노릇을 해야 한다. 그래서 인색하지 않던 사람도 돈을 모으게 되면 인색해진다.

돕는 데에도 때가 있다. 돈을 모으는 동안 도와야 할 사람은 자기 옆을 지나쳐 가버린다. 당장 생활 속에서 뻗쳐오는 손길에 동전 한 닢 얹어주는 게 사랑 아닌가. 정말 필요한 것은 절기 때만 한아름 선물을 들고 고아원이나 양로원을 찾아가는 것이 아니라 생활 속에서 작게 작게 그러나 날마다 실천하는 작은 손길인 것이다.

과부의 몇푼이 부자의 몇억보다 훨씬 귀하다. 한 사람이 10억의

자선금을 내는 사회보다 십만 명이 천 원씩 내어 10억의 자선금을
만들 수 있는 사회가 훨씬 더 건강하고 인정이 넘치는 사회일 것이다.
　십만 명이 천 원씩 나누어 낼 줄 아는 사회에서는 혼자 10억을 내
놓는 사람들도 더 많이 나올 테고….

꿈이 이룬 나의 반점

꿈을 버리지 아니하는 자에게는 그 꿈을 이룰 기회가 오는 법이다. 총각 때 벌어놓은 돈과 곗돈을 모으니 반점을 할 수 있는 길이 보이기 시작했다. 중국집으로 들어온 지 25여 년 만에 찾아온 행운이었다. 나는 마련해둔 돈에 맞춰 점포를 얻기 위해서 몇날 며칠을 돌아다녔다. 하지만 돈에 맞추니 장소가 마음에 들지 않았고, 마음에 드는 점포는 너무 비쌌다. 아내와 함께 도시락을 싸들고 다니며 점포를 구했다.

그 당시에는 오토바이를 살 형편이 안 되어 자전거를 타고 변두리로 찾아다녔다. 왜냐하면 장소가 좋은 곳은 점포세가 너무 비쌌기 때문이다. 몇날 며칠을 헤매기만 하다가 해가 넘어 집으로 돌아올 때는 서글픔이 밀려왔다. 인간이 산다는 것이 왜 이렇게 힘들까 생각하니 눈물이 핑 돌았다.

그러던 어느날, 식당소개 하시는 분에게서 연락이 왔다. 평리동에 빈 점포가 하나 있다고 하였다. 중국집하던 자리인데 장사가 잘 안되어서 반점을 팔기로 했다고 한다. 그런 이야기를 들으니 반갑기도 했지만 한편으론 불안했다. 전 주인이 하다가 잘 안되어서 내놓는 반점이라면, 내가 맡는다 해도 잘 된다는 보장이 없지 않은가 하는 회의가 든 것이다. 하지만 비품대가 싸다는 것이 장점이었다. 주위를 돌아보니 이웃 사람들이 말하기를 음식 실력만 좋으면 장소는 괜찮다고 하는 것이 결정적으로 마음을 결정하게 했다. 용기를 내서 반점을 인수하기로 계약을 해버렸다.

설레는 마음 반 불안한 마음 반이었다. 하지만 그렇게 전격적으로 계약을 한 데에는 나름대로 중국사람들이 장사 잘하는 비결을 보아서 알기에 어느 정도 자신이 있었기 때문이다. 첫째는 청결, 둘째는 인사성 밝고, 셋째는 음식 맛에 정성을 쏟는 것이었다. 음식이 아무리 맛이 있어도 불결하거나 불친절하면 음식 맛이 달아나는 법이다.

계약금을 다 주고 난 후, 실패하든 성공하든 내 노력에 달렸다는 생각을 하니 담대한 마음이 생겼다. 그길로 경북이발소에 가서 머리를 삭발하였다. 단단한 각오를 가지기 위해서였다.

드디어 반점을 개업했다. 내 나이 스물일곱, 열두 살 때 멋모르고 집을 나온 촌놈이 그토록 꿈꾸었던 내 가게를 갖게 된 것이다. 비록 살림방까지 합쳐서 고작 스무 평 남짓한 작은 가게였지만, 감격스러움에 눈물이 흘러내렸다.

사실 반점을 차리면서 나는 겁이 났었다. 하지만 아내가 옆에서 용기를 북돋아주며 밀어붙였다. 아이들이 더 자라기 전에 기반을 마련해야 하지 않겠냐는 것이었다.

우여곡절 끝에 개업을 하긴 했지만, 워낙에 잘 안되던 집이라 처음에는 손님이 잘 찾아오지 않았다. 더군다나 주위에는 수정반점, 미량반점, 경도반점, 낙원반점, 풍년반점 등 오래 된 가게들이 많았다. 우리 가게 이름은 명월반점이었는데, 지금까지 명월반점을 한 사람 중에는 성공한 사람이 하나도 없다는 소문도 들려왔다. 그 소문은 날마다 내 가슴을 조여들게 만들었다.

나는 장사가 잘 되게 하려고 갖은 궁리를 다하였다. 우선 가게 이름을 명월관으로 바꿨다. 그리고 예전에 일했던 중국집에서 깨끗한 그릇으로 손님들에게 인기를 끌었던 것을 기억하고 우리 명월관도 그릇을 모두 사기그릇으로 바꾸어 쓰기로 했다. 관리하기 힘들고 무거운 것이 흠이지만 손님들은 매우 좋아했다. 나는 하루 한 사람 단골을 잡으면 일년에 365군데의 단골을 만들 수 있다는 생각에 단 한 명이 와도, 단 한 그릇 배달 주문이 있어도 최선을 다해 친절하게 대접했다. 이런 일이 입소문으로 나기 시작하자 제법 손님이 들기 시작했다.

하지만 명월관은 비가 오면 지붕에서 샌 빗물이 손님들 앞에 놓아둔 자장면 그릇으로 떨어지는 곳이었다. 지대가 낮아서 비가 많이 오면 들이닥치는 빗물을 가마니로 막아야 했다. 시설은 그렇게 형편없었지만 음식 맛이 좋다는 소문이 나서 장사는 썩 잘 되었다.

또 명월관 주인아저씨가 인심 한번 끝내 준다는 소문도 매상에 상당한 영향을 미쳤다. 처음 그런 소문을 퍼뜨린 것은 동네 아이들이었다.

어릴 적에 맺힌 한이 하나 있었다. 미술 시간만 되면 도화지를 사 갈 돈이 없어 선생님께 두드려 맞았던 것이다. 평리동은 생선도 한물 간 생선, 과일도 상한 과일만 팔리는 가난한 달동네로, 내 어린 시절을 생각나게 만드는 아이들이 많았다. 가게 앞에서 학교 가는 아이들 얼굴을 곰곰이 살펴보노라면 돈이 없어 준비물을 못 챙겨가는 아이는 딱 얼굴에 써 있는 것이었다.

"야야, 니 뭔 걱정 있나?"

"미술 들었는데예…."

미술 준비를 해가지 못하는 아이들을 찾아내어 준비물을 사가라며 돈을 쥐어주었다. 번번이 미술 준비를 해오지 못하던 애들이 어느 날 버젓이 준비물을 내놓으니 이상한 생각이 든 선생님이 캐물었고, 아이들이 '명월관 아저씨' 이야기를 하였던 모양이다. 이것이 소문이 나서 그 학교 선생님들이 우리 반점의 단골이 되어주셨다. 그리곤 음식을 배달 시켜먹는 일도 잦아졌다.

결국 학교의 모든 선생님들이 우리 반점에 장부를 만들어두고는 식사를 시켜 드셨다. 그리하여 월급날이면 어김없이 결산을 해주셨다. 그러니 매달 선생님들의 월급날인 17일이 기다려졌다. 선생님들인지라 신용은 확실하셨기에 꽤 많은 목돈을 만질 수 있었다. 선을 행하면 복을 받는다는 것이 이를 두고 하는 말 같았다.

그밖에도 걸인들, 노인들, 끼니 걱정하는 사람들한테 그전부터 해오던 일을 틈나는 대로 계속한 것도 동네사람들한테 호평을 받아 장사에 큰 도움이 되었다.

나는 열심히 뽑고 삶고 튀겼고, 그 무거운 나무 가방을 들고 온 동네를 설치며 뛰어다녔다. 정말이지 우리 부부는 열심히 일했고, 다행히 가게는 점점 기반을 잡아나갔다.

하지만 호사다마라고 했던가? 그렇게 5년 쯤 지났을 때 기겁할 일이 벌어졌다. 우리 반점 바로 앞에 우리 가게보다 더 좋은 반점이 생긴 것이다. 목도 우리보다 더 좋았다. 이름 하여 '대원반점', 경쟁자가 생긴 것이었다. 손님은 한정되어 있는데 새 중국집이 들어섰으니 우리는 타격을 받을 수밖에 없었다.

대원반점은 커다란 양옥에 시설도 으리으리했다. 그 가게에 비하면 우리 가게는 헛간이나 다름없었다. 대원반점의 등장은 우리 명월관에 치명상을 입혔다. 시간이 얼마 흐르지도 않아 매상이 눈에 띄게 줄어들었다. 맛은 역시 명월관이 낫고 주방장의 솜씨도 낫다는 평을 들었지만 줄어드는 매상을 어찌할 수는 없었다. 사람들의 인심이란 게 야박해서 동네 사람들이 쾌적한 공간, 깨끗한 시설을 자랑하는 대원반점 쪽으로 끌려가는 것이었다.

이대로 가다가는 반점 차리느라고 진 빚에, 곗돈을 붓기도 어려운 상황이었다. 온몸에 힘이 쭉 빠졌다. 밤에 걱정이 되어 잠을 이룰 수가 없었다.

▲ KBS 한국 한국인에 출연

▲ 미8군 사령관 표창

▲ 경상북도 이의근 지사 표창

▲ CBS 새롭게 하소서 출연

▲ 경상남도 도청 공무원 정신교육

▲ 영남지역 교회학교 아동부 수련회 특강

▲ 극동방송국 정애리와 함께

▲ 대구 소년원장 표창

▲ 노태우 대통령 선행시민 초청

▲ 주암산 배바위에 올라 간절한 기도

▲ 대한뉴스 촬영

▲ 5공 여단장 표창

"아아, 내가 여기서 무너져야 하나! 다시 남의 집 주방장으로 가야 하나?"

이렇게 한숨 짓다가 다시 용기를 내 외쳐보았다.

"아이다. 웃기는 소리 말그래이! 우예 장만한 반점이고! 그 동안 동네에서 쌓은 인심이 안 있나. 여기서 그냥 주저앉을 수는 없다."

오기가 발동했다. 나는 이를 악물고 대원반점 제압 작전에 돌입했다. 먼저 생각한 것이 공짜 작전을 펼치는 것이었다. 우리나라 사람은 공짜에 약하다. 공짜라면 양잿물도 먹는다고 했다. 나는 아침 일찍 일어나 고무장갑 중에서도 제일 좋다는 악어표 고무장갑을 사들고는 거래처를 일일이 찾아다니며 머리를 조아렸다. 당시만 해도 고무장갑이란 것이, 돈 있는 집안사람들이나 쓰는 물건이었다. 하루 벌어 하루 먹고 사는 사람들이 많은 평리동 같은 동네에서는 완전히 귀중품이었다.

"요 위에 반점이 생겼다카는데, 우리 집 자장면 좀 계속 팔아주이소. 부탁합니다. 명월관입니다."

그리고 아가씨들에게는 스타킹을 돌렸다.

여기에는 금성원에서 보고 배웠던 상술을 곁들였다. 금성원 주인 왕씨는 손님이 없어도 사람을 이목을 끌려고 뺑뺑 소리를 내며 국수를 뽑게 했고, 배달 주문이 뜸하면 종업원에게 빈 배달통을 들려 동네를 이리저리 돌아다니게 했다. 장사가 잘 된다는 인상을 주기 위한 것이었다. 나는 손님이 없을 때에도 일부러 국수를 뻥뻥 두들겼고 아내와 교대로 빈 나무가방을 들고 동네를 설치며 돌아다녔다.

이와 같은 다양하고 적극적인 판촉 작전은 상당한 효과를 거두었다. 손님들이 다시 늘어나기 시작했고 대원반점으로 갔던 손님들도 다시 우리 집을 찾아왔다.

그런데 대원반점이 예상을 초월하는 반격을 가해왔다. 한식을 겸해 팔기로 한데다가 그 옆에 정육점까지 낸 것이었다. 특히 정육점까지 낸 것은 충격적이었다. 대원반점의 음식은 다른 곳보다 고기가 더 많이 들어간다, 고깃국물과 사골국물만 쓴다는 소문이 퍼졌다. 다시 손님이 줄었다.

이번에는 절망적이었다. 대원반점의 '고깃국물' 작전 앞에서는 속수무책이었다.

그러던 어느 날이었다. 꿈에 당시 대통령이던 전두환 씨가 이백 명쯤은 되는 수행원을 데리고 우리 반점을 방문했다. 전두환 대통령이 내게 말했다.

"자네도 고향이 합천이고 내도 합천이 고향인 사람 아이가, 내 자네한테 뭘 도와줄꼬?"

"대통령 각하! 저 앞의 대원반점이라카는 것 좀 없애 주이소! 내 평생 소원이라예!"

내 이야기에 고개를 끄덕인 전두환 대통령이 옆에 서 있던 비서한 테 뭐라고 말을 했다. 그러자 그 비서가 어디서 들고 왔는지 에밀레 종만한 커다란 망치를 들고 대원반점으로 가더니, 반점을 때려부수기 시작했는데, 대원반점은 순식간에 가루가 되어버렸다.

꿈이었지만 깨고나니 마음이 편했다. 이 만화 같은 꿈을 꾸고 일어난 그날 아침 열시쯤일까? 아무리 생각해도 기가 막힌 일이 내 눈앞에서 벌어지기 시작했다. 느닷없이 나타난 포크레인이 대원반점을 부수기 시작한 것이 아닌가?

대원반점 뒷집에서 일조권 침해로 대원반점을 고소했는데, 알고보니 대원반점 자체가 무허가 건물이라 그렇게 철거를 당하게 되었다는 것이다. 오공 정권이 들어서고 한참 공권력이 서릿발 같던 때였다.

대원반점의 철거는 대원반점 주인한테는 안된 일이지만 내게는 하늘이 내린 기적이었다.

하지만 우리도 대원반점이 철거된 지 몇 달도 못 되어 정든 평리동을 떴다. 대원반점이 철거된 자리는 누구라도 탐낼 만큼 좋은 길목이었다. 대원반점 같은 또 다른 반점이 들어서는 것은 시간문제라고 생각했기 때문이었다. 실제로 그런 소문이 들려와 나를 초조하게 만들었다. 새로 들어서게 될 반점이 대원반점처럼 고깃국물로 밀어붙일지 사골국물로 밀어붙일지 알 수 없었지만, 아무래도 웅색한 우리 명월반점으로서는 역부족일 게 틀림없었다. 그렇다고 대통령이 또 한 번 도와줄는지도 의문이었다.

결국 나는 큰 마음을 먹고 좀더 안심할 만한 곳을 찾아 대구 남산동으로 가게를 옮겨갔다. 남산동 시대가 열린 것이다.

만경장 시대

평리동에서 남산동으로 가게를 옮겼다. 생각보다 영업하는 장소로는 참 좋은 위치였다. 그때가 1984년이었다. 사람들이 많이 찾아오고 수확도 많이 거두라는 뜻에서 옥호를 만경장이라고 지었다. 거기서 장사를 5년 동안 했다.

명월관은 탁자가 다섯 개 밖에 안 되었지만 만경장은 탁자가 열두 개였다. 가게 넓이가 네 배쯤 커졌으니 발전이라면 발전이었다. 일수돈 갚으랴 미리 탄 계 두 개를부으랴 정신이 없었지만, 그래도 벌이가 괜찮았던 셈이다. 만경장에서는 종업원도 네 명이나 두고 함께 일하였다.

　비단 가게만 넓어진 게 아니었다. 내 생활에도 적잖은 변화가 일어났다. 가장 커다란 변화는 가방 끈 짧은 내가 열심히 신문을 보게 되었다는 것이다. 그전까지 나는 신문을 보지 않았다. 그런 내가 신문을 보게 된 것은 순전히 반점 근처에 있는 고등학교 선생님들 때문이었다. 우리 반점의 단골손님들이었던 대구고등학교, 효성여고, 명덕초등학교 선생님들은 노동일 하는 사람, 행상들이 많았던 평리동의 손님들과는 달리 들어와서 앉으면 제일 먼저 신문을 찾았다. 그래서 신문을 구독하게 되었고 손님이 뜸한 시간에 나도 신문이란 것을 뒤적이게 된 것이다.

　신문은 내게 새로운 세계를 보여주었다. 마치 산골짜기에서만 살던 사람이 처음 바다를 본 느낌이었다고나 할까? 그전까지 내 관심은 내가 사는 동네에서 배달통을 들고 다니고 길거리에서 사람들의 이야기를 귀 동냥으로 듣고 세상 돌아가는 것을 깨닫는 데서 크게 벗어나지 못했다. 관심을 기울인 대상도 가까운 곳에 있는 못 입고 못먹는 아이들, 걸인들, 노인들뿐이었다.

　그때까지는 동네에 밥을 굶는 사람이 있으면 쌀을 한두 되 팔아주고 연탄을 몇십 장 들여놓아 준다거나 일요일에 공원에 가서 걸인들이나 밥을 못 드신 노인분들께 돈을 얼마씩 나누어 드린다거나 하는 식이었다. 그 이상에 대해서는 생각하지도 않았고 생각할 수도 없었다.

그런데 놀랍게도 신문에는 불쌍한 사람들의 한심하고 답답하고 가난한 사연들이 실려 있었다. 그것도 날마다…. 돈이 없어 수술을 받지 못하는 사람들, 점심 도시락을 못 싸가는 소년 소녀 가장들, 무기수의 자녀들, 열차 사고나 홍수로 살림이 거덜난 이재민들…. 전에도 그런 사람들이 있다는 것은 들어 알고 있었지만 신문 기사로 난 것을 보니 느낌이 새로웠던 것이다.

신문에서 그런 기사들만 찾아내어 따로 오려두는 버릇도 그때부터 생겼다. 성금을 걷는다 하면 돈을 조금 보내거나 신문사에 직접 찾아가 내기도 했다.

소년 소녀 가장이 교통사고나 화재 등을 입었다는 기사를 보게 되면 사고를 당한 사람한테 찾아가서 돈을 조금 쥐어 주기도 했다. 자장면 만드는 기술을 앞장 세워 경로당이나 노인정, 고아원 같은 곳을 찾아다니기 시작한 것도 그때부터의 일이다.

만경장은 신축건물이라 깨끗한 점포였다. 장사는 친절이 생명이라 손님들도 다 우리 가게와 사장인 나를 좋아하였다. 손님 수준이

평리동보다 높았다. 평리동에서는 때가 되면 식사만 시켜먹었지만 만경장에서는 식사에 요리도 겸하여서 먹었기 때문에 매상에 차이가 많이 났다. 간혹 평리동에서 아는 사람이 왔다 가면 그곳에 가서는 명월관 사장이 만경장 사장이 되면서 큰 돈을 벌게 되었다고 떠들고 다니기도 했을 정도였다.

또 만경장 주변에는 당시는 대구 제일이라는 남남카바레가 있어서 저녁이 되면 남녀들이 수백 명씩 몰려다녔다. 카바레에 모여든 사람들은 춤을 추고 난 뒤 허기를 달래려고 우리 반점으로 밀물처럼 몰려들어왔다.

효성여고, 대건고등학교, 명덕초등학교 등은 수준이 높은 선생님들이 많이 계시는 곳이었다. 선생님들은 결코 비싼 음식을 드시지 않았지만 학부형들이 같이 오게 되면 최고 요리를 주문하는 특징이 있었다. 장사하는 입장이다 보니 싫을 것은 없었지만 선생님들의 하시는 일이 그렇게 유쾌한 것은 아니었다.

하지만 나름대로 세상을 익혀가고 배워가는 기간이 그 때였다.

그러다가 만경장에서 다시 한번 봉덕동으로 이사를 했다. 봉덕동에 와서는 간판을 동해반점으로 바꾸었고 그 이름을 나는 지금도 사용하고 있다. 여러 군데 이사를 다니며 장사를 하다 느낀 것이 있다. 건물 주인들이 한결같이 장사가 잘되면 집세를 사정없이 올리는 것이다. 장사가 잘되니 집세를 많이 올려도 섣불리 나가지 못한다는 것을 이용하는 것이다. 그래서 가게 주인이 바뀌면 바뀔수록 집세는 계속 오르게 되는 것이 현실이었다. 나는 가진 사람이 돈이 없이 세 들어 사는 사람들에게 잘해주길 바랄 뿐이다. 한 시대를 함께 살아가는 삶의 현장에서 서로가 서로를 도와가는 것이 얼마나 큰 도움이 되겠는가.

제2부

나는 나눌 수 있어
행복한 사람입니다

끈임없이 쌓아올린 봉사가
세상에 알려지면서

나는 우리 가게가 있는 대구 남구 지역 중화요리협회 총무이다. 대구 남구 지역의 반점 주인들을 상대로 만든 단체인데, 음식 값도 정하고 회비를 걷어 단체 이름으로 성금도 내고 우리 밀 살리기 운동에 동참도 하며 어려운 일을 당한 회원은 상부상조도 하는 그런 모임이다.

우리나라에서 물가를 따질 때 석유 값, 버스비, 목욕료 등과 함께 자장면 값이 빠지지 않는다. 외국에는 빅맥지수라는 게 있다던데, 아마 우리나라는 자장면 지수가 있나 보다. 중국집의 음식이 그만큼

서민의 생활에 밀착되어 있기 때문이다. 그런데 그때까지 다른 직종들엔 다 있는 그런 단체가 없었다.

"중국집은 역사와 전통을 자랑하는 데 왜 제대로 된 협회 하나가 없단 말인가? 단결해서 남들한테 인정도 받고 사회에 기여도 해보자." 그런 생각에서 내가 앞장을 서서 만든 것이 바로 대구 남구 지역 중화요리협회다.

하루는 저녁 때 아는 반점의 주인한테서 다급한 전화가 걸려 왔다.

"총무님요, 저희 집에 빨리 좀 와 주이소."

달려가 보니 교통사고였다. 부러진 다리가 아파서 울고 앉아 있는 청년을 옆에 앉혀 놓고 전화를 건 반점 주인과 사고를 낸 차 주인이 실랑이를 벌이고 있다.

반점 배달원이 철가방을 들고 무단 횡단하다가 차에 치여 다리를 다친 것이다. 차 주인은 배달원의 잘못이니 눈곱만큼도 책임을 질 수 없다는 입장이고 반점 주인은 일을 한 지 한 달도 안 되는 종업원의 입원비를 내놓기도 억울하고 또 선뜻 내놓을 형편도 아니라는 것이었다. 인생이란 언제나 이렇다. 모두 다 옳고 누구나 사정이 있으며 아무도 손해 보려 하지 않는다. 그렇다고 그냥 내버려둘 수도 없는 노릇이므로 나는, "우선 병원에 입원부터 시킵시다."라고 말했다.

사실 이런 경우에는 내가 한 소리가 하나마나한 소리였다. 당시야 의료보험 같은 것이 있을 리가 없었다. 그러니 배달부만 가여웠다. 하지만 나는 일단 그 청년을 병원에 입원시켰다. 그런 다음 지역 내의 반점들을 한집한집 찾아다니며 모금을 했다. 사람들의 반응은 시큰둥했다. 화가 났다. 그러나 사실은 화가 날 것도 없었다. 이게 정상이니까 말이다. 그래도 돈은 필요하니 으름장 작전으로 나갔다.

"참말로 인심들 한번 야박하데이. 사람 일이란 게 모르는 긴데… 다들 배달하는 아이들 종일 길로 내돌리는 처지에 우째 이 일이 남의 일이라예. 언제 내 일이 될지 모르는 거 아인교!"

한 사람에 천 원, 이천 원 해서 모인 돈이 겨우 이십만 원. 모아놓고 보니 우리 구역 반점 주인들만큼 째째한 사람들도 없었다. 그러나 영세한 중국집 주인들이 인심을 베풀려 해도 가진 게 너무들 없었다. 자기 집 있는 사람도 없었고, 여웃돈 있는 사람도 없었으니 이십만 원 모인 것은 당연지사였다.

내가 불쌍한 사람만 보면 온정이 샘물처럼 솟아오르는 것을 보고 예수님 같은 사람인 줄 아는 이들이 더러 있지만 모르는 소리이다. 남들이 나 몰라라 하는 일에 나서다 보면 짜증날 때도 솔직히 많다. 겉으로 표현을 하지 않을 뿐이다. 물론 마음에서 저절로 우러나와 돕는 경우도 많지만 달아나고 싶을 때도 많았다. 특히 그날 일이 그랬다.

나 역시 인심을 쓰고 싶었지만 집에 돈이라곤 한푼 없었다. 하지만 어떻게 하겠는가? 일단 저지르고 보는 것이 나의 버릇이었다. 나머지 돈을 꾸어다가 간신히 입원비 백만 원을 채웠다.

청년은 다쳐서 병원에 누워 있는데 식구고 친구고 찾아오는 사람 하나 없었다. 그래서 날마다 병원에 찾아가 청년을 위해 기도해주었다. 어느 날 저녁에 갔더니 편지 한 통을 내민다. 그 편지에 이런 구절이 있었다.

"제가 사장님께 드릴 수 있는 것은 제 마음밖에 없습니다."

그 말이 내 가슴을 찡하게 울렸다. 지금까지 나름의 온정을 베풀면서 많은 사람에게 감사의 소리를 들었지만 그 청년의 말처럼 감동을 주었던 말은 그렇게 많지 않았던 것 같았다. 꾼 돈으로 입원비를 치르면서 짜증을 냈던 것이 부끄러워졌다.

퇴원하고 나서 이 청년이 우리 집에 찾아왔다. 어떻게 해서든지 고마움에 보답도 하고 돈도 갚고 싶으니 우리 집에서 일을 하게 해 달라는 것이었다.

하지만 나는 그 청년을 받아들이지 않았다. 그 청년을 너무 빚진 사람으로 만들고 싶지 않았기 때문이었다. 그리고 그는 이미 자신이 가진 전부를 나한테 준 일이 있지 않은가!

하루는 신문에 "죽어가는 생명 살려주오"라는 기사가 나왔다. 폐가 썩어 들어가는데도 가난해서 병원 치료 한번 변변히 받아보지 못한 진폐증 환자의 이야기였다. 젠장, 세상을 돌아가는 이치를 알려고 퍼드는 신문이지만 내 눈엔 이런 기사만 들어왔다. 읽다보면 사연이 너무 딱하다. 그러면 내 맘은 또 흔들린다. 반사적으로 환자의 거주지를 찾는다. 대구 두류동, 다행히 우리 집에서 그리 멀리 않았다. 신문을 오려 들고 물어물어 찾아갔다.

그는 아내와 두 아들 그리고 장모와 함께 한 칸짜리 방에서 같이 살고 있었다. 식구들한테 찾아온 이유를 말했더니 환자한테 안내해 준다. 환자가 누워 있다. 걸레가 되어버린 폐에서 몰아 내쉬는 숨소리가 안쓰러웠다. 고장난 생명의 소리였다. 방안을 둘러보니 신문에 나온 것보다는 세간이 괜찮아 보였다. 알고 보니 그 집은 친척집이란다.

원래 세 들어 살던 집 주인이 좀 야박한 사람이었던 모양이다. 전염될까봐 두려우니 방을 비워달라고 했단다. 진폐증도 전염이 되나? 모르긴 해도 아마 보기가 싫었던 게지. 나는 그렇게 생각했다.

사람이란 원래 옆에 있는 사람이 다 죽어가도 제 새끼손가락 아픈 것이 더 급한 법이니까 말이다. 아무튼 전전긍긍하던 차에 친척이 묘안을 내놓았다. 얼마가 될지 모르겠지만 방을 바꾸어 살자고 한 것이다. 친척이라도 그런 제안을 하기가 얼마나 어려운 일인가. 정말이지 의리와 인정을 아는 친척이 아닐 수 없었다.

그런데 놀라운 것은 신문에 소개까지 되었는데도 성금이 단 한 푼도 들어오지 않았다는 사실이었다. 세상이 삭막하다고 하지만 나는 따뜻한 마음씨들은 여전히 많다고 생각하며 살아왔다. 그런데 그 따뜻한 마음들이 단 한 조각도 여기까지 미치지 못한 것이다.

환자를 직접 보니 신문에서 본 것보다도 훨씬 중증이었다. 내 어림에도 건강을 회복하기는 이제 너무 늦은 것처럼 보였다. 하지만 나는 그를 병원에 입원시켜주고 싶었다. 단 하루라도 세상의 따뜻함을 느끼게 해주고 싶었다. 그러나 입원비가 거액이었다. 내가 가진 돈으로는 턱도 없었다.

'왜 나는 그런 일을 보면 그냥 지나치지 못하는 걸까? 오지랖이 넓은가?'

혼자 중얼거리며 나는 이리저리 뛰어다녔다. 이리저리 뛰어다녔다고는 하지만 매일 주방에 붙어 서서 국수나 삶고 자장이나 볶는 신세인 내가 발이 넓으면 얼마나 넓겠는가? 무작정 병원으로 찾아가보는 수밖에 없었다. 찾아가서 통사정을 해보리라 생각했다. 물론 나만 이상한 사람이 되어 쫓겨나오기가 십상이겠지만, 속수무책으로 앉아있는 것보다는 낫지 않겠느냐는 오기 비슷한 생각이 들었다. 나같이 가난하고 못 배운 사람들의 장점은 이런 저런 체면 같은 것에 연연할 필요가 없다는 것이다. 이른바 가난과 무식이 주는 자유인 것이다.

백 명 중에 한 명, 천 명 중에 한 명은 꼭 바다 같은 마음을 가진 사람이 있다. 솔직히 말해 그런 사람을 끝내 만나지 못하더라도 끝까지 그런 사람이 있다고 믿을 것이다. 믿지 않으면 쓸쓸해서 못 산다.

그렇게 무작정 찾아갔던 대구 카톨릭 병원 원장님이 그런 분이었다. 만날 때까지는 사무실 직원한테 입에서 단내가 나도록 통사정을 해야 했는데, 일단 만나 뵙고 여차여차 전후 사정을 말씀드렸더니 긴 말씀도 안 하신다. 모든 절차는 자신이 알아서 할 터이니 다음날 오전에 입원을 시키라고 쾌히 승낙을 하는 게 아닌가? 궁하면 통한다고 했다. 그리고 세상은 이 맛에 사는 것인가 보다.

다음날 환자를 데리고 병원에 갔다. 병원에 들어선 환자는 너무 감격해서 말도 못하고 내 손을 쥔 채로 눈물만 흘렸다. 그때 내 손을 쥐던 환자의 그 야윈 손과 체온을 나는 아직도 느낄 수 있다. 그는 자신의 병이 낫지 못할 것이라는 것을 잘 알고 있었지만 죽기 전에 제대로 병원 치료에 몸을 맡겨볼 수 있게 되었다는 사실만으로도 만족했던 것이다.

병원에서는 늦게나마 최선을 다했으나 환자 윤씨는 입원한 지 나흘 만에 세상을 떠났다. 마흔일곱. 윤씨의 관이 흙 속에 묻히는 것을 지켜보았다. 허망했다. 윤씨가 세상에 와서 한 것이 무엇일까. 무엇을 남겨 놓고 가는가. 내가 그에게 해준 것은 무슨 의미가 있는 것일까.

잘 아는 친구가 가게 일 놓아두고 빨빨거리며 돌아다니는 나를 보고 그런 이야기를 했다.

"니가 하는 일이 마, 다 착한 일이고 좋은 일이다. 하지만 그런 사람들이 어디 한 둘이가? 그런 식으로 돕는다꼬 세상에 뭐 달라지는 기 있겠나? 또 세상의 병원들이, 돈 있는 사람들이 다 뭐 짐승들이가? 그 사람들 중에도 인정 있고 사람 도리 아는 사람들이 많다. 하지만 그렇게 없는 사람들 오는 대로 족족 공짜로 받아들인다 해봐라. 병원이 남아나겠나? 그렇게 생각하면 그기 감상적이고 비현실적인 기라."

그러면 나는 웃으며 말한다.

"그래도 안 도와주는 것보다야 한 사람이라도 도와주는 기 안 낫나?"

사실 내가 친구에게 진짜 하고 싶은 말을 그것이 아니었다. 그러나 나는 입을 다물지 않을 수 없었다. 병원에 들어서면서 내 손을 꼭 쥐던 윤씨의 그 손길을 어떻게 말로 설명하겠는가.

돌아가신 윤씨는 내가 아는 교회 목사님께 말씀을 드렸더니 목사님께서 전 교인을 동원해서 장례를 치러 주셨다. 윤씨의 고향은 강원도였는데 온 교인들이 먼길 마다않고 함께해주셨다. 고단한 삶을 살았던 윤씨도 하늘에서 이 광경을 보며 행복해했을 것이다.

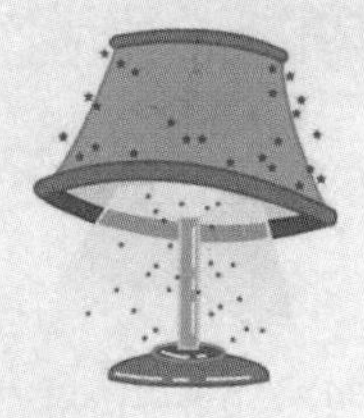

심장병 중국교포 명호

그 일 후에도 나의 엽기적인(?) 온정행각은 계속되었다. 나는 연변 교포들과도 약간의 인연이 생겼다. 일제시대 때 가난 때문에 또는 나라의 독립을 위해서 애쓰다가 중국에 눌러 살게 된 분들의 후예가 연변 교포들이 아닌가. 국적은 우리와 다르지만 엄연히 우리의 동포들이었다.

1991년, 신문을 읽다가 심장병을 고치기 위해서 고국에 왔던 황명호 군의 사연을 접하고 감동을 받았다. 전국에서 성금이 모여들어 무사히 수술을 받았다는 기사를 읽고 얼마나 가슴이 뭉클했는지 모른다. 좀 늦었지만 나도 가만히 있을 수가 없어서 옷이나 사 입으라고 십만 원을 보내주었다. 그런데 뜻밖에도 명호 군과 그의 아버지 어머니가 인사를 하러 대구로 나를 찾아온 것이다. 내친김에 동포의 인정이 어떤 건지 한번 제대로 보여주자 싶어 동네 사람들을 불러다 놓고 연변 동포를 위한 잔치를 한판 거하게 벌였다.

황씨 가족은 한 달쯤 우리 집에 머물다가 연변으로 돌아갔는데 중국에 한번 놀러오라고 편지를 여러 번 보내왔다. 황씨한테 이야기하지는 않았지만 황씨 때문에 사실은 아주 애를 먹었다. 황씨가 중국에서 약재를 많이 가지고 왔는데 그걸 좀 팔아 달라고 부탁했던 것이다.

나는 동포를 돕는다는 일념으로 내 장사도 팽개치고 약재를 들고 발이 부르트도록 돌아다녔다. 실적이 상당했다. 한 달 만에 천만 원어치를 팔아치웠으니까. 천만 원이면 중국에서는 거금이다. 황씨는 내게 큰절을 하며 중국으로 돌아갔다.

그런데 황씨가 중국으로 들어가자마자 문제가 터졌다. 황씨가 가져온 물건이 큰 부작용을 일으킨 것이다. 황씨의 물건을 구입한 사람들이 매일같이 찾아와서 물러달라고 항의를 하거나 전화로 닦달을 했다. 어떤 사람은 전혀 효능이 없으니 물러달라고 했다. 그런데

더 골치 아픈 건 그 반대의 경우였다. 수화기를 들자마자,

"아, 이 물건 어떻게 된 거요? 당신이 책임져. 당신이 팔았으니까!"

하는 전화가 하루에도 몇번씩 걸려왔다. 그래서 한 동안은 연변이라면 골이 아팠다. 그러고는 일 년 후인1992년 6월에 만난 분이 박송자씨이다. KBS의 《냉정한 모국 두 번 다시 오지 않으리라》라는 방송을 보고 나서였다.

박씨는 자궁암을 고치기 위해 고국에 나왔다가 불법 체류로 붙잡혔는데, 삼십만 원의 보석금이 없어서 계속 구금상태에 있다는 사실을 텔레비전을 보고 알게 되었다. 나는 다음날 박송자 씨가 구금되어 있는 경찰서로 달려가서 출국 연기 신청을 하고 벌금으로 삼십만 원을 대신 내준 후 박송자 씨를 나오게 해주었다. 그리고 당장 오갈 데가 없는 분이라 잠시 우리 집에 머물게 해주었다.

그런데 박씨는 심한 자궁암난종 환자였다. 하루라도 빨리 수술을 받아야 하는 위험한 상태였지만 문제는 돈이었다. 수술비가 삼백오십만 원이라는 거금이었다. 그렇다고 생명이 위태로운 사람을 그냥 보고만 있을 수도 없었다. 고민 끝에 나는 박씨를 대구 가야 기독 병원에 입원시켰다. 수술비는 새마을금고에서 대출을 받고 여기저기서 빌린 돈으로 충당했다. 돈 때문에 온 신경이 예민해진 상태로 잠

을 자는데, 꿈에서 모두가 해결이 되었다고 하는 음성을 들었다.

그런데 뜻하지 않은 일이 벌어졌다. 박씨의 사연과 나와의 관계를 알게 된 병원 원장께서 갑자기 나를 보자고 하셨다. 처음 병원에서 나를 부르는 전화를 받았을 때 나는 혹시 수술비를 더 내야 한다는 말을 하려는 게 아닌가 싶어서 속으로 걱정이 이만저만이 아니었다. 그런데 병원에 가보니 수십 명의 의사와 간호사들이 나를 박수로 맞는 데다가, 원장님 말씀이 수술비와 입원비 일체를 받지 않겠다고 하시는 게 아닌가. 그리고는 불쑥 봉투 하나를 주시는데 만져보니까 제법 두툼했다. 그것은 병원직원들이 즉석에서 모금해준 돈 80만원이었다. 그때의 그 벅찬 감동! 그래서 새마을 금고에서 받은 대출금은 며칠 만에 깨끗이 갚을 수 있었다. 이것이 소문이 나자 사람들의 인정이 밀려들었다.

병원 직원들의 모금 외에, 며칠 뒤 KBS에 '아름다운 손길'이란 제목으로 뉴스가 나가게 되었던 것이다. 그러자 대구시장님이 100만원, 문화교회 100만원, 대구백화점 200만원, 각구청장실 50만원, 중앙로교회 30만원 등 각처에서 780만원의 성금이 들어왔다. 박송자 씨는 그야말로 축복을 받으신 분이다. 한국에 와서 병고치고 돈 벌고 또 복음까지 받아서 돌아가셨으니 말이다. 또한 고등학교 선생님 되시는 남편에게도 복음을 심어 온 가족이 하늘에 큰 축복을 받은 가정이 되었다. 이처럼 인간은 누구를 만나느냐에 따라 인생의 길이 달라지는 것이다. 악한 사람을 만나면 손해를 보며 선한 사람을 보면 선한 길이 열리는 것이 진리가 아닌가? 세상에 태어나서 그렇게 신바람 나는 경험을 해본 것은 처음이 아니었나 싶다. 두고두고 잊을 수 없는 순간이었다.

그 후 박 여인은 우리 집에서 한 달쯤 머무르다가 중국으로 돌아가 그 성금으로 강변 나루터라는 3층짜리 식당을 차렸다고 연락을 해 왔다. 그 후로 우리나라 관광객이 도둑을 맞거나 해서 도움을 청해오면 주저 않고 항공권을 사주는 등 선행을 베풀고 있다는 소식을 전해 들었다. 사랑이 또다른 사랑의 씨앗이 된다는 진리를 가슴 깊이 깨닫게 해준 경험이었다.

나의 작은 선행이 한잎 두잎 피어나는 새싹처럼 세상에 알려지기 시작하였다. 그러자 나의 인생이 언론에 소개가 되었다. '억척같이 벌어서 남 돕기는 백만장자, 남 몰래 작은 사랑실천 20여 년간'이라는 제목으로 처음 지방신문 〈영남일보〉에 소개가 되었다. 신문을 읽어본 사람들은 반점을 찾아와서 격려도 해주셨다. 그 기사는 결국 오늘의 나를 있게 한 결정적인 뉴스였다.

외로운 죽음

열아홉 살 사내아이와 중학교 3학년 계집애의 동거. 누가 보아도 위험천만한 일이 아닌가. 그러나 나는 결국 둘의 관계를 인정해주지 않을 수 없었다. 그들의 문제는 이미 윤리나 상식으로 풀 수 있는 수준을 넘어 있었기 때문이었다.

우리 반점을 거쳐간 아이 중에서도 가장 기억에 남는 아이는 진수였다. 노랗게 물들인 머리에 '마이마이'를 끼고 건들거리던 녀석의 모습이 지금도 눈에 선하다. 체격도 좋고 인물도 훤한 놈이었다.

강원도가 고향인 진수는 어렸을 때 어머니가 가출해 병든 아버지

밑에서 어렵게 컸다. 주먹패들과 어울리며 학생들의 돈을 빼앗다가 소년원 출입도 했다. 진수는 우리 집에서 일했던 녀석의 중학교 동창 소개로 오게 되었다. 그게 7년 전 일로 진수의 나이가 열아홉 살 때였다.

진수는 게으르고 덜렁거려서 나한테 잔소리깨나 들었다. 열 번도 더 나갔다 들어왔다를 되풀이했다. 수틀리면 말없이 사라졌다가도 기분 내키면 며칠 후에 다시 나타나곤 했다.

그런데 그 진수에게는 여자 친구가 있었다. 이름은 수진이. 전화도 자주 오고 반점으로 한두 번 놀러오기도 했다. 반점 홀에 딸린 구석방에서 기거하던 진수가 어느 날 따로 방을 얻겠다고 했다. 뭐하려고 쓸데없는 돈을 쓰느냐고 말렸지만 진수는 고집을 꺾지 않았고, 부득부득 반점 앞에 월셋방을 얻어 옷가방을 들고 나갔다.

그러고는 며칠 안 되어서였다. 시간이 넘었는데도 출근을 하지 않아 월셋방으로 가보았다. 방문을 열어본 나는 화들짝 놀라지 않을 수 없었다. 어디서 많이 본 여자 아이 하나가 진수 옆에 누워 함께 잠을 자고 있는 것이 아닌가. 수진이었다. 굳이 방을 얻겠다고 우긴 이유가 따로 있었음을 그제서야 알았다.

둘을 일으켜 앉히고 자초지종을 캐물었다. 수진이는 가출 소녀였는데 놀랍게도 중학교 3학년이었다. 집안이 복잡했다. 아버지는 시골에서 살고 이혼한 어머니는 대구에서 다방 마담 노릇을 하고 있다는 것이었다. 시골집을 나와서 한동안 어머니 집에 얹혀 있었던 모양이다.

중학교 3학년인 계집아이가 이러고 있는 꼴을 그냥 두고 볼 수만은 없었다. 수진이를 다그쳐서 엄마가 있는 다방의 전화번호를 알아냈다. 그러나 내 전화를 받은 엄마의 대답은 짧고 냉정했다.

"전남편의 딸이라예. 내는 모르겠습니더."

이번에는 시골집에다 전화를 걸었다. 아버지도 비슷했다. "모르겠다"는 기막힌 대답뿐이다.

정작 부모가 남의 일처럼 나오니 어떻게 해야 좋을지 막막했다. 한편 아이들은 자신들의 동거를 눈감아달라고 무릎을 꿇고 사정을 한다. 참 답답한 노릇이었다. 중학교 3학년 여자애의 동거도 말이 안될 뿐더러 동네 사람들이 어떻게 볼 것인가.

"봐라. 내도 너희만한 자식들을 키우는 아버지 아이가. 너희들이야 어떨지 몰라도 내가 앞으로 동네 사람들 앞에서 어떻게 얼굴을 들고 다니겠노? 너희를 그대로 놔두면 내는 선도하는 사람이 아니라 동조하는 사람이 된다. 내 입장이 되어서 생각해보거라. 내 말이

틀리나?"

두 아이를 붙들고 하루 종일 설득을 했다. 처음에는 반발이 심했다. 그러나 결국은 고개들을 숙이고 말았다. 진수는 염치로나 당장 먹고 사는 현실적인 문제로나 나의 반대를 무시할 수만은 없는 입장이었다. 수진이는 그날로 시골집으로 내려갔다. 그러나 일은 거기에서 끝나지 않았다. 수진이가 일주일 후에 다시 나타난 것이다.

이번에는 나로서도 속수무책이었다. 둘의 태도는 일주일 전보다 훨씬 완강했다. 동거를 허락해주지 않으면 반점을 그만두고 함께 다른 곳으로 가버리겠다고 비장하게 나왔다.

윤리적으로나 상식적으로 봤을 때, 결코 용납될 수 없는 일이었다. 그러나 두 아이는 외롭고 불우하게 자란 아이들이었고 서로를 유일한 의지처로, 위안으로 생각하고 있었다. 아이들도 자신들의 행동이 옳다고 생각하지는 않았다. 하지만 수진이는 갈 곳이 없었고 진수는 그런 수진이를 자신이 보호해주어야 한다고 굳게 다짐하고 있었다.

사실 내가 둘의 관계를 인정하기로 한 것은 그래서만은 아니었다. 떠나게 내버려 두는 것보다는 내 눈앞에 두고 보는 쪽이 더 낫다는 판단이 앞섰다. 집도, 돈도, 돌보아줄 어른도 없는 처지들끼리 나갈 경우 오히려 더 커다란 사고가 일어날 가능성이 높았다. 일단 그들의 감정을 존중해주면서 차분하게 설득하는 쪽이 더 현실적으로 보였다.

더 솔직히 말하면, 떨어져서는 못 살겠다고 애원하는 두 아이의 모습이 내 마음을 움직였다. 그게 꼭 철없는 아이들의 불장난으로만 느껴지지 않았다.

게다가 두 아이 다 어느 정도 믿음이 가는 아이들이었다는 사실도 어느 정도의 이유가 되었다. 동거를 허락해준 뒤에 새삼 느낀 것은 수진이가 볼수록 똑똑하고 성격도 좋은 아이라는 것이었다. 적어도 흔히 말하는 불량소녀와는 아주 거리가 멀었다. 환경이 나빠 잠시 어긋났을 뿐이지 진수 역시 바탕은 선한 아이였다.

그러나 이런 우여곡절 끝에 이루어진 두 미성년자의 결합(?)은 예기치 않은 사건으로 며칠 가지 못해 끝나고 말았다.

동거하던 진수와 수진의 일이 있고 얼마 지나지 않아서였다. 막 배달을 다녀온 진수한테 전화가 한 통 걸려왔다. 수화기를 내려놓은 진수가 철가방 옆에 털썩 주저앉더니 울음을 터뜨렸다.

울산에 홀로 계시던 병든 아버님이 돌아가셨다는 연락이었다. 울먹거리는 진수에게 오십만 원을 긁어모아 쥐어주었다.

"나중에 일해서 갚아라."

"아저씨, 고맙습니다."

눈물을 훔치며 부리나케 달려 나가는 진수의 뒷모습이 가련했다. 알고 보니 진수네는 일가친척도 없었다. 하나 있는 누나도 가출한 뒤로 연락이 끊긴 상태였다.

'이놈 혼자서 장사를 어찌 지낼꼬?

종일 마음이 편치 않았는데, 저녁 무렵 고향에 내려간 진수한테서 전화가 왔다.

"아저씨, 빨리 좀 내리와 주이소. 지 혼자입니더. 아버지가 눈을 뜨고 있어예!"

진수가 울먹거렸다. 딱 부러지게 대답은 못하고 전화를 끊었는데, 마음이 갈팡질팡 했다. 내려가자니 며칠 장사 공칠 게 아깝고, 그냥 눈을 감아버리자니 마음이 안됐다. 옆에서 보고 있던 아내가 내 마음을 읽고 악역을 맡고 나온다.

"가지 마이소. 당신이 간들 우짜겠습니꺼? 동사무소에서 알아서 처리해 주겠지예."

혼자 가만히 생각해 보았다. 사람 죽었으니 도와달라는 이런 전화를 내가 일생에 과연 몇 번이나 받게 될까? 핏줄이 닿은 사이는 아니어도 그 동안 든 정이 있는데 그까짓 자장면 좀 팔겠다고 의지할 데가 없어서 걸려온 전화를 눈감아 버린다? 그러고 나면 장차 진수는 물론이요, 다른 사람들이나 예수님 앞에 어떤 마음으로, 무슨 낯으로 설 것인가?

결국 곧바로 가게 문을 닫고 울산으로 내려갔다. 진수네 집은 울산 방어진 바닷가에서 멀지 않은 곳에 있는, 다 쓰러져가는 판잣집이었다. 썰렁한 집에서 혼자 시신을 지키던 진수가 나를 보자 맨발로 뛰어나왔다. 동네 이웃인 듯한 사람 몇몇이 기웃거리다가 뒤로 물러선다. 사람이 죽었는데 무슨 인심이 이런가.

진수 아버님이 누워 계신 방에 들어갔다. 세상에 그렇게 말라 비틀어진 몸은 처음 보았다. 들어보았더니 뼈만 앙상하게 남아 가뿐하게 들린다. 그 동안 쭉 거의 술로만 연명을 해오셨다고 한다. 시신 앞에 앉아 있노라니 저절로 눈물이 났다. 잘 먹고 잘 입고 온갖 호사를 다 누리다가 국화 꽃송이에 뒤덮여 세상을 떠나는 사람도 있건만, 다 같은 생명인데 어찌 있고 없고의 차이가 이리도 큰가.

엉겁결에 내려가기는 했지만 어떻게 장례를 치러야 할지 막막했다. 진수에게 먼저 쥐어 보낸 오십만 원에 내 주머니의 돈을 다 보태도 장의사를 부르기에는 턱도 없는 액수였다.

"진수야, 우짜면 좋겠노?"

"지도 모르겠습니더."

답답한 마음에 동사무소로 가보았다. 그러나 진수의 아버님은 무의탁 생활 관련 혜택이나 보상을 전혀 받을 수 없는 상황이었다. 진수의 어머니가 호적을 파가지 않은데다가 장성한 아들, 딸까지 있는 것으로 기재되어 있었기 때문이었다. 생각다 못한 나는 동장님을 찾아갔다.

"동장님, 법적으로는 아무 도움도 받을 수 없겠지만 동장님께서 판공비 같은 데서 다문 얼마라도 보태주실 수 없겠습니꺼?"

곤란한 표정을 지으시던 동장님이 삼만 원을 내놓으셨다. 대책도 없이 그날 밤을 진수와 둘이서 시신을 지키다가 새벽이 되어 밖으로 나왔다.

그때가 2월 초순, 몹시 추운 날씨였다. 몰아치는 바닷바람에 귀가 떨어져 나갈 것 같았다. 바닷바람을 온몸에 맞으며 동네에서 걸어 나오는 동안 하늘을 바라보며 나는 하염없이 울었다. 그 추위, 그 바람 속에서도 새벽별은 영롱했다. "하나님 불쌍한 생명 마지막 가는 길을 열어주옵소서." 별들을 쳐다보며 나는 혼자 하나님께 기도를 하였다.

"이웃을 위해 울어볼 수 있는 이 기회는 나에게 커다란 복이다. 이웃을 위해 내 귀가 한 번 떨어져 나가보는 것, 이것도 귀하고 고마운 복이다. 누가 나를 알아주랴? 하지만 하나님께서는 알아주겠지”

그렇게 30분쯤 동네를 걸어 나왔을 것이다. 나는 교회를 찾아가보기로 했다. 물어물어 그 근방에서 가장 크다는 교회를 찾아갔다. 목사님을 만나 뵙고 딱한 사정을 말씀드렸다. 그러나 그 교회 목사님은, “글쎄요. 잘 모르겠는데요…” 라는 짧막한 말만 남기고 그냥 들어가 버렸다. 별로 좋지도 않은 인상에, 밤을 새우고 바닷바람에 푸르뎅뎅해진 내 꼴을 보고 정신병자쯤으로 생각했는지도 모르겠다. 아마 그랬을 것이다.

거기서 한참을 더 걸어가니 교회가 하나 더 있었다. 이번에는 작고 볼품없어 보이는 교회였다. 새벽 기도 중이었다. 사모님이 나를 맞아주셨고 목사님한테 인도해주셨다. 대충 사연을 말씀드리자 목사님이 내 손을 잡고 어루만지며 말했다.

“우리는 여기 있어도 그런 판자촌에 한번 들어가서 둘러본 일이 없는데, 먼 곳에서 여기까지 와서 이렇게 고생을 하시다니, 저희가 참으로 부끄럽습니다. 오늘 모든 교인들을 동원해서 그 곳으로 가겠습니다.”

그날 아침에 목사님과 그 교회 신자 마흔 명이 달려왔다. 어른 신도들 거의 모두가 동원된 숫자라고 했다. 찬송이 울려 퍼지고 목사님이 직접 시신의 염을 하셨다. 목사님과 교인들은 그날 장례식이 끝나고 화장을 마칠 때까지 자기 가족의 일처럼 모든 봉사를 다 해 주셨다.

장례를 싸게 치를 수 있었던 것도 참 다행이었다. 장의사에게 가장 싸게 뽑아달라고 신신당부를 해서 받아든 처음 견적이 백삼십구만 원이었다. 그것은 원래 가격의 삼분지 일이었다. 울산에 내려갈 때 어쩌면 필요할지도 모르겠다는 생각에서, 내가 미담의 주인공으로 조그맣게 소개되었던 신문 기사 조각을 오려가지고 갔었는데, 그 기사를 본 장의사 주인의 마음이 움직였던 것이다. 매일신문, 영남일보, 국민일보에 실린 기사였다. 장의사 주인이 나에게 나이도 많지 않은데 이런 일을 하다니, 하면서 인사를 하셨다.

"내 돈 삼십만 원 들었수."

장의사는 밑져가면서 장사 치러주기는 이번이 처음이라며 웃었다. 겪어보니 본디 사람은 누구나 착하게 생겨났으며 틀림이 없다. 다만 그 착한 바탕이 돈 때문에, 세상 때문에, 더 강하고 끈질긴 욕심 때문에 드러날 기회를 얻지 못하는 것일 뿐이라는 것을 다시 한번 깨달았다.

진수는 아버님의 유골을 울산 앞바다에 뿌리자고 했지만 내 생각
은 달랐다.

"아버님 고향이 강원도지만 지금 거기까지 우예 가겠노? 니가 대
구에 사니까, 대구 가서 뿌리는 기 어떻겠노? 그래서 니가 아버님 생
각날 때마다 한 번씩 물가로 나가 보는 것이 안 좋겠나?"

"…그러겠습니더."

우리는 뼛가루가 담긴 뜨끈뜨끈한 항아리를 교대로 품에 안고 대
구로 올라와서 동촌 아현교회 근처 다리로 갔다. 진수 아버님의 뼛
가루는 거기서 뿌려졌다.

그날 다리 위에 부는 맞바람은 유난히 심했다. 다리 아래로 뼛가
루를 뿌리다가 몇 번이나 온몸에 뒤집어썼다. 뼛가루가 입으로, 코
로 마구 날아들었다.

불현듯 옛 기억이 되살아났다. 내가 그 다리에서 뼛가루를 뿌린
게 처음이 아니었다. 이십 년 전 장인의 뼛가루도 거기서 뿌렸는데,
그때도 맞바람이 세게 불어서 장인의 뼛가루를 온통 뒤집어썼던 것
이다. 우연치고 이상한 우연이고 재미있는 우연이었다. 그때는 기분
이 별로 좋지 않았지만, 진수 아버님을 보내드릴 때에는 생각이 달
랐다. '세상에 보약, 보약 해 쌌지만 사람을 잡아 묵는 이런 보약이

또 있겠노?'

가난하고 쓸쓸하게 돌아가신 장인의 뼛가루가, 진수 아버님의 뼛가루가 내 영혼의 힘이 되어주었던 것은 아닐까? 그날 반점으로 돌아온 진수가 내 앞에 무릎을 꿇고 말했다.

"아저씨. 참말로 고맙심더. 날 위해서 우리 아버님한테 눈물 흘려줄 사람이 누가 있겠습니까? 앞으로 열심히 일하겠습니더!"

그말대로 녀석은 정말 그날부터 최선을 다해 일해주었다. 사랑이라는 묘약은 정말 사람을 변화시키는 힘이 있었다.

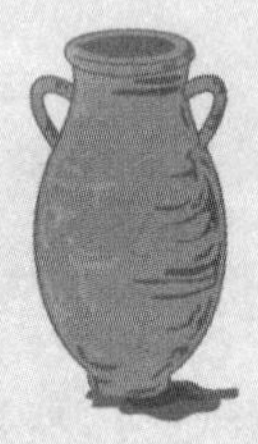

봉덕동 삼거리에서

반점을 시작하고 힘닿는 대로 나누며 산 지도 어느덧 세월이 많이 흘렀다. 하지만 내가 할 일은 아직도 많이 있었다. 그래서 십년 전부터 남구 봉덕동 캠프워커 입구 삼거리에서 교통정리를 하기 시작했다. 이 삼거리는 미군 부대의 주통로이면서 근처에 학교와 주택가가 있어서 아침 등교 시간이 되면 대단히 혼잡한 곳이었다.

집 앞이다 보니 배달이나 시장을 오갈 때마다 늘 위태위태한 마음이 들었다. 아니다 다를까? 결국 어린 학생 하나가 차에 치이는 광경을 직접 목격하게 되었다. 그날로 옷과 장갑, 호루라기를 사서는 이

틀날 아침부터 거리에 나섰다.

사실 나는 운전을 못한다. 부끄럽지만 네 번이나 운전면허 시험을 봤는데 네번 다 필기시험에서 떨어졌다. 도무지 40점 이상 점수가 나오질 않는 것이었다. 그래서 이제는 거의 포기를 해버렸다.

운전을 못한다고 교통정리도 못하랴 싶어 오기가 생겼다. 그리고 나는 운전은 못하지만 오토바이는 잘 탔다. 그 실력으로 봉사를 시작했다. 하지만 교통정리는 사실 처음이 아니었다. 그러니까 20년 전 남의 가게 주방장 할 때, 군인 손님들을 끌기 위해서 가게 근처 로터리에서 해본 적이 있었다.

나는 교통정리를 하면서 또 다른 득을 보았다. 그도 그럴 것이 노는 입에 뭐하겠는가? 사람들이 지나가면 가게를 선전하는 대사를 읊어 댔던 것이다. 그랬더니 어렵소 파리를 날리던 가게가 문전성시를 이룰 정도로 효과를 톡톡히 봤다.

나의 교통정리 봉사는 아침 여섯 시 사십 분부터 여덟 시 사십 분까지 두 시간이었다. 그 시간이 가장 교통정리가 필요한 시간이었다.

하지만 두 시간의 교통정리라는 게 그렇게 만만한 노동이던가? 다리도 저리고 팔도 결리고 호루라기를 불어대는 입도 아팠다. 추운 겨울에는 볼이 얼어붙고 귀가 떨어져 나간다. 사람들은 처음 하루

이틀 나갔을 때에는 다들 며칠 하다가 그만둘 걸로 생각했던 모양이다. 행인들도 학생들도 소 닭 쳐다보듯 했다.

그러나 한 주일이 가고 두 주일이 가도 제 시간만 되면 어김없이 호루라기를 불어대자 사람들의 눈이 달라졌다. 운전자들이 경례를 붙여왔고 학생들도 인사를 하기 시작했다. "안녕하세요!" 하고 붙임성 있게 건네 오는 인사도 있고 멀찌감치 서서 그냥 고개만 까딱하는 친구들도 있었다.

중학교를 못 가봐서일까? 아니면 금성원 시절, 학교도 못 다니고 중국집에서 일을 하던 나를 딱하게 여겨 친구가 되어주고 싶어했던 학생들 생각이 나서일까? 나는 학생들의 인사가 제일 반가웠다.

한번은 지각을 하고 다음날 나갔더니 길을 건너던 여학생 하나가 아는 체를 한다.

"아저씨, 어제는 왜 안 나오셨어예?"

"야야, 어제 내 나왔다!"

"안 계시던데예?"

"아이다. 내, 일곱 시 십 분에 나왔다!"

누군가 내가 하는 행동을 지켜보고 성원해주고 있다는 생각에 그날은 하루 종일 기분이 좋았다.

누가 시키지 않아도 새벽이면 어김없이 그 삼거리로 달려 나갔던 이유를 사람들이 묻곤 한다. 사회를 위한 봉사니 솔선수범이니 하는 그럴 듯한 이유는 사실 둘째이다. 첫째는 뭐니뭐니해도 학생들한테서 인사 받아먹는 재미 때문이었다. 그 재미가 없었다면 모르긴 몰라도 벌써 일을 그만두었을 것이다. 그런데 요즘은 인사를 건네오는 아이들이 예전보다 많이 줄었다. 점점 줄어드는 것 같다.

그 동안 전혀 변하지 않은 것도 하나 있다. 교통 법규에 대한 우리나라 운전자들의 무신경과 무관심이다. 안전거리 위반, 새치기, 앞지르기, 정지선 위반에 쓸데없는 경적 소리….

한번은 '우선 멈춤' 지역인데 가다 서고 가다 서고 하던 할아버지가 있었다. 호루라기를 불고서 소리를 질렀다.

"할배요, 지금 뭐하시는 겁니꺼?"

길 한복판에 차를 세우고 차창 밖으로 고개를 쑥 내민 할아버지가 도리어 호통을 치신다.

"야, 이누마야! 내 나이가 올해 팔십이다! 지금까지 내 마음대로 살아왔다! 이제 와서 내가 니 말 들어서 뭐하겠노?"

여든 되신 노인이야 그렇다고 쳐도 배운 사람들, 젊은 사람들, 알 만한 사람들도 다를 게 없었다. 호루라기를 불어도 모른 체 하고 지나쳐버리는 것을 보면 오히려 한술 더 뜨는 것 같다.

내가 교통경찰이 아니라 아무런 힘도 없는 자원봉사자라는 사실 때문에 더 그러는지 모르겠다.

가장 신물 나는 것은 운전자끼리의 싸움이다. 살짝 접촉사고만 나도 뒤차야 막히든 말든, 나이고 체면이고 염치고 아랑곳하지 않는다. 멱살을 거머쥐고 마주 서서 온갖 욕을 동원해가며 목청을 돋운다. 더 가관인 것은 차 안에 앉아 있던 가족이나 친구까지 쏟아져 나와 패거리로 역성을 드는 광경이다. 차근차근 솔직하게 잘잘못을 가리는 게 아니라 덮어놓고 상대에게 뒤집어 씌우려 들거나 시치미를 뗀다. 마치 정치꾼들처럼 말이다.

날씨로는 비오는 날 아침이 가장 괴롭다. 차는 수백 미터씩 밀리고 벌 떼처럼 욕이 쏟아진다. 좌회전 차를 보내주다보면 직진할 차 운전자가,

"야, 이 자슥아! 나는 20분 동안 서 있었다! 좀 보내다고, 응!"

반말은 기본이고 욕은 예사였다. 직진 차를 보내주고 있으면 좌회전할 차에서 또, "야, 이 자슥아, 15분 기다렸으면 많이 참았다 아이가! 니 교통 맞나? 뭐하고 자빠진 기고 잉!" 하는 욕설이 튀어나온다.

이런 소리를 들을 땐 정말이지 당장 때려치우고 싶어졌다. 이에

비해 미국 사람들의 교통 준법 정신은 정말이지 놀랍다. 근처에 미군 부대가 있어서 미국 사람들의 차가 많이 지나다니는데, 오랜 기간 동안 그들을 지켜보면서 나는 그들이 괜히 잘 사는 게 아님을 깨달았다. 차선 유지나 안전거리 확보는 기본이어서 어설픈 접촉 사고 같은 것은 아예 일어나지 않았다. 어쩌다가 신호나 법규를 어기면 백이면 백, 내 호루라기 소리에 차를 멈추고 내려서는 자신의 과실을 솔직히 인정하고 정중하게 사과를 해온다. 별 두 개를 단 군 사령관의 차도 예외가 아니었다.

지난 봄의 일이다. 미군 사령관 차가 근처에 멈추더니 카투사 운전병이 달려와 다짜고짜 묻는다.

"월급 받고 하시는 일입니까?"

"아니라예."

"국가 단체 소속인가요?"

"그냥 개인입니더."

"한 달에 얼마 받으십니까?"

"그냥 내가 좋아서 하는 일이라니까예! 한푼도 안 받습니다."

"직업이 뭔데요?"

"중국집 합니더."

"이 시간이면 시장에 가셔야 할 시간이잖아요."

중국집 아들인가? 군인이 중국집에 대해서 많이도 안다.

"왜 하시는 겁니까?"

"누군가 하긴 해야 할 긴데, 아무도 안 한다 아인교. 그래서 내가 하게 된 깁니더."

며칠 후 그 운전병이 우리 중국집으로 찾아왔다. 교통정리에 나서게 된 동기를 글로 적어달라고 한다. 더듬더듬 몇 자 적어 보냈더니 며칠 있다가 상을 받으러 오라는 연락이 왔다. 그래서 졸지에 미국 사람(미 제20지원단 사령관 하비 대령)이 주는 팔자에 없는 상을 받게 되었고 그것이 계기가 되어 그 부대의 카투사들을 위한 정훈 교육의 강사로 강연을 하기도 했다.

엉겁결에 시작한 교통정리가 어느새 십년이 다 되어 간다. 세월은 참 빠르다. 지각은 몇 번 했지만 결석은 단 한 번도 하지 않았다. 배운 것 없는 놈이 부지런하기라도 해야 하지 않겠는가?

그 일로 나는 미 19지원단 사령관 표창을 받게 되었고, 한국에 주둔해 있는 미군 부대를 돌며 특강을 하게 되었다. 또 그 덕에 군부대와 군교도소에도 강연을 나가는 영광을 누리게 되었던 것이다.

현재는 전(全) 군부대 안보교육 강사로 활동중이다. 옛날 우리 군은 6·25전쟁을 겪었기에 애국심이 강했다. 하지만 요즘 군인들은 조국사랑이 매우 부족한 실정이다. 군생활이 힘들면 탈영도 하고, 상관이나 부하를 폭행도 하는 등 군의 질서가 무너지고 있다. 그래서 '나보다 먼저 남을 생각하는 삶'이란 주제로 각 부대마다 초청을 받아서 인성교육강연을 하고 있다. "한알의 밀알이 썩어서 많은 열매를 맺게 된다"는 성경의 진리가 사실로 확인되는 시간들이었다.

청소년 선도의 길, 어른들의 책임

세상에는 자신이 원치 않는 길로 가는 사람이 많다. 아니 거의가 다 그럴 것이다. 내가 나이를 먹고 보니 그렇게 느껴진다. 나도 힘들고 어려울 때, 처음에는 운명을 참 많이 원망했다. 내가 어디 원해서 산골짜기에 태어났으랴? 태어나보니 가세는 기울었고, 어머니는 자신의 길로 가셨고, 나는 나대로 무지렁이로 살았던 것 아닌가? 그런데 내가 그러한 삶을 살아서 그런지 내 눈에는 유독 나와 비슷한 놈들만 눈에 띈다. 경수가 그런 놈이었다.

사실 경수는 아버지가 공무원이고 어머니가 화장품 가게를 하는 유복한 집 아들이었다. 그런 녀석이 가출을 해서 우리 집에 종업원으로 들어왔다. 그런데 일주일도 못되어 오토바이를 훔쳐 달아났던 것이다. 훔친 오토바이를 팔러 온 경수를 그 오토바이 상회 주인의 연락으로 붙잡게 되었다. 중국집에서는 오토바이 도난 사고가 빈번해서 주인들은 오토바이 상회와 긴밀하게 연락을 취한다. 잡아온 경수를 꿇어앉혀 놓고 혼쭐을 낸 다음 양자택일을 하게 했다.

"경수야! 아저씨 하는 말 잘 듣거래이. 니가 내 말만 잘 들으면 경찰한테 연락은 안 할끼다. 그러나 니가 내 말을 안 듣겠다카몬 내는 가만 안있는데이. 니 부모한테 당장 연락해서… 알겠제? 하지만 내가 시키는 대로 하겠다카몬, 아저씨는 니한테 그 오토바이 공짜로 줄 수도 있다 아이가. 아이다 마, 내가 새로 사줄끼다. 니는 아직 사회와 부모의 보호를 받아야 할 나이 아이가. 그쟈? 자 우리 협상을 해보자. 이 아저씨가 원하는 건 이기라. 니는 이 길로 집으로 돌아가거라. 그리고 착실히 학교에 다니거라. 대신 한 달에 한 번씩 어떻게 지내는지 편지를 써가지고 내한테 꼭 와야 한다. 알겠나? 이게 이 아저씨가 요구하는 사항이다. 만약 내 말대로 하기 싫다면 나도 생각이 있다"

그 말이 무엇을 뜻하는지 녀석이 모를 리 없었다. 그리고 경수로서는 손해보는 제의가 아니었다. 경수는 당연히 내 제의를 받아들여 집으로 돌아갔다. 정말 녀석은 나와의 약속을 끝까지 지켰다. 한 달에 한 번씩 편지를 써가지고 나를 찾아왔던 것이다. 육개월이 흘렀을 때 경수는 기대 이상의 모습으로 변해 있었다. 이것이 칠 년 전의 일이다. 고등학교를 졸업한 녀석이 착실하게 직장 생활을 했는데 얼마 전에 곧 결혼식을 올릴 예정이라고 연락을 해왔다.

또 상준이란 놈이 있었다. 놈은 상주가 고향인 중학교 2학년이었다. 벼룩 신문에 난 구인광고를 보고서는 찾아왔다. 짬짬이 주방에서 일을 거들도록 했는데, 양파 써는 솜씨가 보통이 아니었다. 많이 해본 솜씨였던 것이다. 그래서 내가 살살 이야기를 시켜보았다.

"야 니 참 솜씨 있데이. 중국집에서 일한 적 있제. 맞제?"

"아! 예, 맞심더"

"솜씨를 보니 오래 일한 것 같데이?"

"맞아예. 오래 일해 봤심더."

"그래! 그라믄 어느 중국집에서 일해봤노?"

살살 이렇게 물어보면 아이들은 백이면 백 다 거짓말을 한다. 한 달 있었던 것도 일 년 있었다고 한다. 아이들 나름대로는 신뢰를 얻기 위해서였다. 먼저 있던 집에서 불미스러운 일이라도 있었으면 끝까지 전화번호를 모른다고 잡아뗀다. 그렇게 나오면 나는 아이를 오토바이 뒤에 태우고 아이가 먼저 일했던 중국집으로 찾아간다. 오토바이에 오르기 전에 내 혁대와 아이의 혁대를 줄로 묶는다. 네거리 같은 데서 오토바이가 정지해 있을 때 뛰어내려 달아나는 것을 막기 위해서다. 몇 번 그런 일을 당했다. 상준이는 몇 마디 묻지도 않았는데 그 자리에서 후다닥 일어나 밖으로 도망쳐버렸다.

"저놈, 잡아랏!"

추격전이 벌어졌다. 상준이의 도주는 필사적이었다. 내가 중도에서 포기한 것을 마침 휴가 나와 집에 있던 큰 아들이 끝까지 따라가서 붙들어 왔다.

"잘 듣거래이. 이 아저씨가 오늘 니한테 여지껏 행한 너의 행동에 대해 반성할 기회를 주겠다. 그러니 묻는 말에 솔직히 대답하그래이."

녀석은 묵묵부답이다. 아직은 기합이 덜 들어간 것이다. 그러면 내가 다시 말을 잇는다.

"이 아저씨는 너를 위해서, 그리고 옳은 일을 위해서 책임을 져야 할 의무가 있는 사람이다. 무슨 말이냐 하면 나는 너 같은 아이들을 바로 잡을 사명이 있는 특별한 사람이다 말이다, 알겠나?"

그러면서 조목조목 녀석의 정곡을 찌르며 훈계를 해 나간다. 시간이 좀 지나니 고개를 숙인 눈에서 닭똥 같은 눈물이 뚝뚝 떨어졌다. 기가 꺾인 것이다.

"이 놈아! 내가 생판 모르는 니한테 와 이라겠노? 나도 너만할 때 엇길로 가기도 했다 아이가. 하지만 지금은 마음을 바로 묵어가지고 그래도 중국집이라도 하면서 밥 먹고 안 사나?"

부드러운 목소리로 다독거린 다음, 볼펜과 편지지를 주고 마음에 있는 것을 모두 쓰라고 했다. 녀석은 말 그대로 결손 가정에서 자란 아이였다. 어릴 때부터 부모를 잃고 할머니와 단 둘이서 어렵게 살아왔다. 중국집에 드나들기 시작한 것은 중학교 2학년 겨울 방학 때부터였단다. 들어가는 중국집마다 대개 일주일 만에 돈과 오토바이를 훔쳐 도망을 쳤다고 한다. 그러다보니 상습범이 된 것이다.

겨울 한 철 동안 그렇게 챙긴 것으로 다음 해 학비도 내고 어려운 살림에 보태기도 하였던가 보다. 참 세상에 별놈이 다 있다. 녀석이 그 동안 훔친 오토바이가 무려 일곱 대나 되었다. 액수도 커서 수백만 원대에 이르렀다. 그런데도 한 번도 붙잡히지 않은 모양이었다.

녀석을 설득해서 피해를 보았던 중국집을 일일이 찾아갔다. 진정으로 용서를 받게 하기 위해서였다. 하지만 주인들은 대뜸 눈을 부라리고서는, "그런 녀석은 당장 감옥에 처넣어야 되요." 하며 호통을 쳤다. 나는 중국집 주인들을 붙잡아 놓고 통 사정을 했다.

"사장님 어린 아이인데 용서해주이소. 내가 야를 사람 한번 만들어 보려고 설득해서 용서를 구하러 왔다 아입니꺼? 지한테 한번만 맡겨 주이소. 제가 사람 만들어 보겠십니더."

머리를 조아리며 설득을 하자 모두들 못이기는 척 내 간청을 들어주었다. 그렇게 중국집을 한 바퀴 돈 다음, 녀석을 데리고 돌아왔다. 그러고는 상준이가 살았던 동네 이장님에게 전화를 걸어 그 동안 있었던 일을 대충 설명하고 상준이를 집으로 보낼까 한다고 했다. 그러나 이장님은 가까이에 두고 자주 들여다보겠노라고 말씀하셨다.

"바로 보내겠습니다. 잘 지켜봐주시고요, 무슨 일이 있으면 바로 연락을 해주이소." 보내기 전에 상준이에게 단단히 다짐을 받아두었음은 물론이다. 그 후로 상준이는 다시는 대구에 얼씬하지 않았다. 그 애가 올해 아마 스무살이 되었을 것이다. 그 동안 상준이가 사는 동네의 이장님께 연락이 몇 번 왔는데, 마지막 전화가 왔을 때 이장님의 말이 아주 기분 좋았다.

"쟈가 선생님 만난 뒤로 아주 열심히 공부합니더!"

경수나 상준이의 경우는 일이 가장 잘 풀린 경우이다. 이런 경우에는 정말이지 사는 보람을 느끼게 된다. 그러나 실망스러운 경우도 많았다. 하지만 나는 어떤 아이를 만나도 모두 경수나 상준이처럼 결국은 착해지고 자신의 길을 찾아가리라는 믿음을 포기하지 않는다. 믿음이 없으면 아무 것도 할 수 없다.

용해도 상준이처럼 중국집에 종업원으로 들어가서 상습적으로 오토바이를 훔쳐 달아났던 아이다. 용해가 덜미를 잡힌 뒤에 써 놓고 간 글이다.

고마우신 사장님께

먼저 사장님께 사죄의 말씀을 올립니다. 저는 일곱 살 때부터 엄마, 아빠와 떨어져서 할머니와 함께 살았습니다. 다른 친구들이 몹시 부러웠습니다. 좋은 옷 한번 입어보고 맛있는 반찬 한 번만 먹어보는 것이 소원이었습니다. 혼자서 고생하시는 할머니께 철없는 어린 것이 거짓말을 해서 용돈도 받아썼습니다.

저는 정말로 그것이 잘못인지 모르고 그저 돈만 생긴다고 좋아서 돈을 받아 썼습니다. 제가 생각해도 그런 나 자신을 용서할 수 없습니다. 좀 자라서 중학교를 졸업하고 보니 그 생각이 자꾸 나서, 고등학교를 포기하고서라도 고생하시는 할머니를 도와드려야겠다고 다짐했습니다. 저는 돈을 벌겠다고 정확히 1994년 5월 22일 오후 5시

40분경에 집을 나와 서울로 갔습니다.

차비만 가지고 간 터라 돈이 있을 리 없었습니다. 멋모르고 영등포역 앞에 우두커니 서 있다가 인신매매범을 만나서 구두공장에 삐삐 값 하나에 팔렸습니다. 월급도 못 받고 일만 오래 하는 그 곳은, 소년원을 가보진 않았지만, 말로 들은 소년원과 다를 게 없었습니다. 툭하면 맞고 굶고, 그렇게 지내다가 그곳을 도망쳐 나와서 돈도 없이 무턱대고 기차를 타고 대구를 향해 내려왔습니다.

그리고 시내 음식점에서 정식으로 오십만 원 받고 3개월 일했습니다. 월급 받으면 삐삐도 사고 옷도 사고, 그러면서 친구들을 하나 둘 만났습니다. 하지만 웃으며 다가온 친구 놈조차도 나를 이용했습니다. 조금씩 모아온 모든 돈과 성실하려 했던 나의 마음을 제 친구란 놈이 모두 앗아갔습니다. 나의 꿈 조차도요.

모두 나를 이용하려는 것만 같았습니다. 그래서 누군가 말하듯이 그야말로 세상이 악하게만 보였던 것입니다. 나도 결심했습니다. 그 누구도 100% 믿지는 않으리라 다짐, 또 다짐했습니다.

그 후로 세상은 조금씩 속이며 살아야 내가 피해 보지 않는 곳이구나 하는 생각이 마음속에 자리잡은 지 어언 8개월. 그러고 보니 아무리 좋은 사람이라도 좋게 보이지 않았습니다. 내 생각이 잘못되었지만 사장님께서도 이해해주시리라고 믿습니다. 그리고 달성공원 고행반점 사장님께도 더불어 용서를 청합니다. 잘못했습니다.

비록 박권용 사장님께 맞기는 했지만 스스로 잘못을 느끼라고 그렇게 하신 것임을 압니다. 사장님이 아니었으면 앞으로 나의 장래를 보장받을 수 없을지도 모를 일이었습니다. 저는 이 펜을 잡는 순간 반성했습니다. 나의 과거와 나의 그릇된 생각들을 모두 반성합니다.

사장님은 솔직한 걸 좋아하신다고 하셨으니 맘 놓고 쓰겠습니다. 좀전에 사장님께 맞을 때는 그랬습니다. 아무리 도둑이라고 해도 이렇게 때릴 수 있나? 내가 자수해서 교도소에 가는 한이 있어도 사장님을 경찰서에 고소하겠다고 생각하고 뛰쳐나갔습니다. 그러나 나는 느꼈습니다. 사장님이 정말로 날 위해, 나의 먼 장래를 위해 꾸중하신다는 것을.

사장님, 전 지금까지 누구에게도 이토록 맞아본 적이 없습니다. 그런데도 왠지 후련합니다. 사장님께서도 제 마음을 이해하실 수 있을 겁니다.

용해 드림

무료급식소를 열다

돈은 번 방법에 따라 써야 한다. 이것이 지나온 세월 내가 실천한 철학이었다.

내가 한 일이라곤 자장면 팔아 번 돈으로 배고픈 사람 먹이는 데에 쓴 것뿐이었다. 그런데 사람들은 나를 보고 또라이라고 한다. 그래도 좋다. 내가 또라이라면 다들 나같은 또라이가 되어 세상을 살았으면 하는 바람이다.

몇 년 전에 가게 문에 '걸인 무료'라고 써 붙여놓고 장사를 했던 적이 있었다. 오래 전부터 벼르던 일이었고, 기도 끝에 결심한 일이었다.

비싼 요리까지는 안되겠다 싶어서 자장면, 우동, 짬뽕 수준에서 시작해보기로 했다.

그런데 이 일을 하다가 가게 말아먹을 뻔했다. 대구 시내 걸인이란 걸인은 모조리 몰려와서 그렇게 되었냐고? 그 반대다. 걸인들은 생각만큼 많이 오지 않았다. 또 많이 온들 얼마나 손해가 나겠는가. 자장면이나 짬뽕의 원가란 게 빤하다. 하루에 이삼십 그릇 공짜로 주었다고 해서 망하지는 않는다. 좀 멀고 귀찮더라도 싼 곳을 찾아가서 재료비 줄이고, 주방의 쓸데없는 낭비를 줄이면 얼마든지 손실액을 보충할 수 있었다. 조금만 부지런을 떨면 되는 것이다.

하지만 문제는 전혀 예기치 않은 곳에서 생겼다.

걸인들이 드나든다는 소문이 나자 손님들이 발길을 끊기 시작한 것이다. 배달 주문도 부쩍 줄었다.

당황스러웠다. 장사도 장사지만 내 선의가 사람들한테 그렇게 비쳐지는게 어처구니 없었다. 사람들이 야속했다.

'우째 이런 일이…'

그러나 한발 물러나서 생각해보니 무작정 사람들의 비정함을 탓할 일만도 아니라는 생각이 들었다.

동네 사람들 중 누구도 걸인을 무료 대접하는 것을 나쁘다고 생각하지는 않을 것이다. 평소에 그런 사람들이 많이 있어야 한다고 생각할지도 모른다. 그러나 더러운 걸인들과 함께 밥을 먹는다는 것은 아무래도 부담스러운 것이다. 걸인들과 같은 식기를 쓴다는 것도 꺼림칙할 것이다.

좋은 일은 좋은 일이고 불편한 것은 또 불편한 것이다. 자장면 한 그릇 먹으러 와서 양심의 가책, 심적인 부담까지 느끼고 싶지는 않을 것이다. 다른 중국집도 얼마든지 있다. 손님들에게 공짜 밥 한 그릇 얻어먹는 걸인들의 기쁨을 생각해달라고 요구할 권리가 내게는 없다. 그렇다고 거지들더러 옷 좀 깨끗이 입고 오라고 할 것인가?

난감했다. 그냥 써 붙인 종이를 떼자니 부끄러웠다. 나 자신에게도 부끄럽고 하나님한테도 부끄러웠다. 그러면서도 나는 밀어붙여야 한다고 생각했다. 그러다 보면 결국 동네 사람들도 내 마음을 이해해주지 않을까?

그러나 결국 나는 두 손을 들고 말았다. 파리만 날리는 데는 장사가 없었던 것이다. 무지무지 고민한 끝에 써 붙였던 걸 떼어냈다. 그리고 돈 2백만원을 꾸어서 새로 도배를 하고 장식을 산뜻하게 바꾸었다. 그러고 나서야 손님이 다시 들기 시작했다.

그래도 완전히 항복한 것은 아니었다. 대신 가게 옥상에 걸인들을 위한 식탁을 따로 만들었던 것이다. 하지만 찾아오던 걸인들은 하나 둘 끊어지고 말았다. 옥상에 숨어서 공짜 밥 얻어먹는 것이 걸인들로서도 눈치가 보였을 것이다.

사람들의 생각은 제각기 다르다. 이 일로 나는 그 점을 새삼 깨달았다. 내게는 당연한 일도 남들에게는 이상하게 보일 수 있다.

사실 동네 사람들이 나를 좋게만 보지 않을 수도 있다. 욕은 하지 않지만 그렇다고 박수를 쳐 주지도 않았다. 오히려 시큰둥하게 바라보는 쪽이었다. 걸인들의 경우는 그렇다손 치더라도 가출 소년들이나 특히 전과자들 때문에 자녀들을 함부로 밖에 내보낼 수가 없다는 불평이 들려오기도 했다. 좋은 일을 할 요량이면 혼자 얌전하게 할 것이지 왜 이웃에게 피해를 주느냐는 노골적인 항의도 한두 번 들은 게 아니었다. 그 정도는 가볍게 들어넘기면 그만이었다. 어느날 아내가 말했다.

"동네 사람들이 당신 보고 또라이라 칸다대요. 벌이도 시원찮고 아직 자기 집도 없는 주제에 그런 식으로 남을 돕다니 그 사람 제정신이 아니라카데예. 지금이야 젊으니까 그나마 괜찮을지 모르지만 앞으로 자식들이 자라면 돈은 더 들어갈 터이고 노후 대책도 마련해야 할 터인데 너무 앞뒤 갈망도 없이 행동하는 것 아닙니꺼. 아무리 좋은 일이라지만 제 앞가림을 해가면서 해야 하는 거 아니라예."

그런 이야기라면 처음 듣는 것이 아니었다. 동네 이발소 아저씨 같은 분한테서도 똑같은 이야기를 몇 번이나 들었다. 내 귀로 직접 들었을 때에는 별 느낌이 없었는데, 아내가 듣고 와서 서러워하니 마음이 영 찝찝하였다.

'내가 무슨 나쁜 짓을 했기에?'

돈은 번 방법에 따라 써야 한다. 이것이 내 생각이다. 병원 차려서 돈을 번 사람은 가난하고 병든 사람을 치료하는 데 써야 하고, 식당을 해서 돈을 번 사람은 배고픈 사람을 위해 써야 한다. 옷을 팔아 번 돈은 추위에 헐벗은 사람을 위해 써야 하고, 돈놀이를 해서 번 돈은 돈이 없고 고통 받는 사람을 위해 써야 한다. 집장사를 해서 번 돈은 집이 없어 고통 받는 사람을 위해 써야 하고, 정치를 해서 번 돈은 후세 정치인을 위해 써야 하고, 죄인을 통하여 번 돈은 죄인을 위해 써야 하고, 또 많이 배워서 번 돈은 못 배운 사람들을 위해 써야 한다.

나는 자장면을 팔아 돈을 벌었으니 배고픈 사람 먹이는 데에 쓴 것뿐이다. 그런데 왜 내가 또라이인가? 하지만 그렇대도 좋다.

또 한 가지, 그 노후 대책이란 것. 나라고 해서 노후 대책을 생각하지 않는 것은 아니다. 하지만 먼저 제 것 다 챙기고 나면 아무 것도 못한다고 생각한다. 봉사라는 것은 남는 돈과 남는 시간으로 하는 것이 아니다. 나이 먹고 나면 돈도 못 벌고 자식들 눈치 봐야 하는 것이 인생이다. 그때 가서 자식들한테 돈 타서 봉사를 한단 말인가? 젊어서 하지 못하면 나이 들어서는 더 못하는 것이다.

인생이란 것이 결국은 선택 아닌가? 잘 먹고 잘 살면서 남들 도와줄 수 있다면 그보다 더 좋은 것이 없다. 하지만 그건 그런 능력이 있는 사람의 이야기이다. 나 같은 사람은 백날 가도 그렇게는 못 된다. 그렇다면 선택해야 한다. 내가 먹을 것을 줄여서 남을 주거나 아예 눈을 닫아두거나.

며칠 후 나는 아내와 아이들을 한자리에 불렀다.

"모든 일은 돌았다는 소리 들을 만큼 해야 잘하는 기다. 공부도 공부에 미쳐야 열심히 한다는 소리를 듣는 것이고 춤도 춤에 미쳐야 잘춘다는 소리를 듣게 되는 것이고 운동도 운동에 미쳐야 일류 선수가 될 수 있는 것이다. 남을 돕는 것도 마찬가지 아이겠나. 돕는 데미쳤다는 소리를 들을 만큼은 돼야 제대로 돕고 있다는 뜻 아니겠나. 미쳐서 도와야 그나마 수확이 있는 거지. 이 정도는 도와야 심는 대로 거두고 뿌리는 대로 거두는 기 아이겠나.

그리스도인은 이렇게 살아야한다. 노름하는 사람들을 사람들이 욕을 하지만 노름하는 사람들 눈으로 보면 노름하지 않는 사람들이 이상하게 보일 수도 있다. 한판 잘 돌리면 한 밑천 잡는데 뭐할라꼬 새빠지게 일을 할까?"

그렇게 말했더니 아이들이 "예." 하고 제법 진지하게 대답했다.

하지만 아내는 그저 시무룩한 얼굴이다.

따뜻한 마음이 따뜻한 마음을 만드는 법이다. "안 되겠는데요", "곤란한데요"로 나가면 그 사람의 마음도 닫히고 만다.

여유는 있는 것이 아니라 만드는 것이다. 여유가 있는지 없는지를 따지기 시작하면 결국은 아무도 도와주지 못한다.

고향 형님 뻘 되는 분 중에 낡은 100cc짜리 오토바이로 행상 일을 다니며 딸 대학 공부까지 시킨 분이 계신다. 한번은 이 형님이 찾아와서 부탁을 한다. 오토바이를 타고 가다 교통 법규위반으로 이만 원짜리 딱지를 떼었는데 그것 좀 해결해달라는 것이다.

형님은 내가 나라에서 주는 상도 몇 개 받았으니 경찰이나 관청 같은 데에 그 정도 '빽'은 쓸 수 있지 않겠나 하고 생각한 것이다. 하루 사오만 원 벌이가 전부인 그분에게 이만 원은 적지 않은 돈이다. 내가 무슨 거창한 빽이라도 있을 거라 여긴 그분의 생각이 우스웠지만 나는 잠자코 딱지를 받아두었다가 내 돈으로 벌금을 냈다.

어디서 이런 소문을 들었는지 오만 원짜리, 칠만 원짜리 벌금 딱지를 뗀 과일장수나 행상하시는 분들이 나를 찾아오는 일이 적지 않았다. 이 일은 남산동에서 만경장을 경영할 때부터 시작되었는데, 처음에는 영수증을 모두 없애버렸으나 몇 년 전부터는 꼬박꼬박 모아 놓는다. 그렇게 대신 물어주고 받은 벌금 납부 영수증이 꽤 많이 모였다.

영수증을 모으는 것은 출소자들을 상대로 또는 소년원생들이나 그 밖의 여러 계층 사람들 앞에서 이야기할 때를 위해서 자료로 보여주기 위해서이다. 그런 이야기를 하면 도무지 믿으려 하질 않기 때문이다. 물증을 내놓아야 고개를 끄덕인다. 경위야 어찌되었든 결과적으로 생색을 내는 셈인데, 얼마 전부터 찝찝하지만 필요하면 과감하게 생색도 내고 자랑도 가끔 한다. 내가 받은 상장이나 감사패들도 반점 벽에다가 붙여놓았다. 아내는 질색을 한다. 오른손이 하는 일을 왼손이 모르게 해야 참다운 봉사인데 그런 것을 떡 하니 붙여놓다니 창피한 일이 아니냐는 것이다.

그러나 내가 그렇게 하는 데에는 이유가 있다. 다른 사람들이 그것들을 보고 '저런 사람도 저렇게 착하게 살려고 애쓰는구나' 하는 생각을 가져주기 바라서였다. 중국집 주인 주제에 내가 남 도운 일을 생색내서 덕 볼 일이 무엇이 있겠는가? 그런데 애석한 것은 사람들이 벽에 붙은 상장의 내용을 들여다보지도 않고 무슨 요리 대회에서 상 타먹은 것으로만 안다는 것이다.

사실 내가 그렇게 생색내는 것 가지고 뭐라고 하는 사람도 별로 없다. 오히려 내가 남 딱지 뗀 것까지 물어주는 것은 문제가 있는 게 아니냐는 반문이 훨씬 더 많다. 너무 바보 같다고 생각하는 분도 있고 코웃음치는 분도 있다.

하지만 내 생각은 이렇다. 돈의 액수가 많건 적건, 내게 도움을 청하려고 찾아온 사람에게 되도록이면 후한 마음을 보이려고 노력하는 것이 중요한 것이다. 그렇게 해주어야 그 사람도 다음에 다른 사람을 위해 자신의 것을 내어줄 수 있기 때문이다.

남을 돕지 못하는 사람들에게도 물론 각자 이유가 있다. 먹고 살기도 힘들 정도로 없이 사는 사람들은 남을 돕기 어렵다. 그러나 자신은 남을 도울 정도로 여유 있지 않다고 생각하여 돕지 않는 경우가 더 많다. 그러나 여유가 있다, 없다의 차이는 대개 아주 모호하다. 앞서 말했듯이 여유는 있는 게 아니라 만드는 것이다. 여유가 있는지 없는지를 따지기 시작하면 결국은 아무도 도와주지 못한다.

　다들 나처럼 남의 벌금을 대신 물어주자는 말이 아니다. 그리고 내가 딱지를 들고 찾아오는 모든 사람들에게 도움을 준 것도 아니다. 그저 나를 보고 찾아온 사람을 박절하게 돌려보내지 말자는 것이다. 한번 도움을 받은 사람은 언젠가는 반드시 자신도 도움을 베풀게 마련이다. 그러나 문전박대를 당한 사람의 마음은 모질어진다. 따뜻한 마음만이 따뜻한 마음을 만드는 것이다.

청와대에 가다

청와대에서 전국에 있는 선행자를 선정하여 발표하라고 노태우 대통령이 엄명을 내렸다. 그 덕에 서른 명 정도 되는 다른 봉사자들과 함께 청와대로 초청을 받게 되었다. 사전에 조사를 한 보고서에서 내가 제일 재산이 없는 봉사자라고 적혀 있었다.

서울 워커힐호텔 특등실에서 하룻밤을 지내고 아침에 청와대 경호실 직원의 호출을 받아 본인 확인을 거친 후 청와대로 출발하였다. 거리에는 경찰관들이 줄줄이 서 있었고 가는 동안 내내 푸른신호등만 켜져 차는 멈추지 않고 계속 달렸다. 창밖에 있는 서울시민들은 손을 연신 흔들며 환영해주었다. 이런 일이 나에게 펼쳐지다니….
난생 처음 경험하는 진풍경이었다. 악인의 싹은 헛되어도 의를 위해
뿌리는 자의 싹은 확실하다는 성경말씀이 떠올랐다.

사람들은 이러쿵저러쿵 말만 많았지 나를 눈곱만큼도 도와주지
않았지만, 하나님께서는 하나하나 보고 계셨음을 알게 되었다.

드디어 청와대 영빈관에 도착했다. 그런데 전국에서 뽑힌 선행자
중에 대통령과 대화를 나눌 사람으로 내가 뽑혔다고 했다. 시간은 3
분으로 정해져 있었다. 대통령께서 질문을 하셨다.

"봉사를 하실 때 어디에 가장 보람을 두십니까?"

"손에 보람이 있습니다."

"왜 손입니까?"

"손에는 선과 악이 동시에 존재하기에 악하게 살면 땅을 치며 통
곡할 때가 있습니다. 하지만 손으로 나보다 먼저 남을 도우면 그 손
이 복을 받아 자랑할 때가 있으므로 손에 보람을 두는 것입니다."

대통령께서 선창으로 격려의 박수를 보내자고 하셔서 청와대 모
임 자리에서 나는 큰 박수를 받았다. 대통령께서 질문하시는 것을
보고 곁에 계시던 법무부 장관님께서 얼마 후에 대구교정청장에게
대구의 동해반점 주인을 대구교도소 정신교육 강사로 위촉을 하여

재소자들에게 기름진 말씀을 하도록 찾아가라는 명령을 하셨다. 그래서 교도소 간부님과 직원 몇 분이 나를 찾아 오셨다. 나를 강사로 초대한다는 것이었다. 대구교도소 재소자들에게 남을 돕고 있는 아름다운 이야기를 해주면 고맙겠다고 하였다. 나는 매주 대구교도소에 들어가서 강의를 하게 되었고, 그때부터 나는 잘나가는 스타강사가 되었다.

몇 년이 지나자 법무부 장관님께서 나를 교도소교정위원으로 위촉을 해주셨다. 전국의 악명 높은 재소자들도 내 강의에 웃음과 눈물을 흘리면서 편지를 보내왔다. 그들이 마음을 열고 보내온 편지만 하여도 수만 통이다. 한장도 빠지지 않고 고스란히 간직해두었음은 물론이다.

나는 교도소 정신교육 강사 중에 매년마다 1등을 했다. 또 교도소에서 주는 표창도 수없이 많이 받았다. 내가 대구구치소, 청송교도소, 소년원등에 매주마다 출소자 정신교육 강의를 하러 다닌 지가 어느덧 13년이 되어간다.

그동안 악명 높던 양은이파의 조양은, 칠성파의 이강한, 김태촌과 신창원, 조세형 같은 거물급(?)들도 다 내 앞에서 정신교육을 받았다.

대구소년원 소년분류심사원에서도 강의 요청이 왔다. 자라나는 청소년들에게 희망과 꿈을 심어주길 바란다고…. 나의 목표는 누군가 나를 통하여 도움을 얻는다면 힘닿는 대로 봉사하는 것이다.

매달 소년원에 가서 청소년 상담을 하고 강의를 해온 지도 10년이 되었다. 올바르게 자란 학생들이 찾아오기도 하며 결혼식 주례도 부탁하기도 한다. 돌이켜보니 돈 한 푼 받지 않고 오히려 내돈 투자하며 심어온 세월이 아름답기도 하다.

사람이 태어나서 사람들에게 도움을 주며 사는 것보다 더 중한 것이 어디에 있을까 싶다. 특히 그리스도인은 주님의 사랑을 실천하는 데에 인색하지 말아야 한다.

《칭찬합시다》부터 《느낌표》까지

이런 작은 일들이 세상에 알려지면서 MBC 방송국의《칭찬합시다》라는 프로그램에서 연락이 왔다.

첫회에 이어 한 번도 나가기 힘들다는 그 프로에 나는 특집방송까지 다섯 번이나 출연을 하여 다른 사람을 돕는 일의 기쁨을 알렸다.

지금도 우리 반점에서는 매일같이 무료급식을 하고 있다. 노숙자, 실직자, 무의탁 노인 등 언제든지 오시기만 하면 차별없이 대접하고 있다. 이것이 방송에 알려지자 김대중 대통령님께서 청와대로 초청해주셨다. 그 자리에서 대통령께서는 "바닷물이 썩지 아니하는 것이

염분이 있기 때문입니다. 이처럼 이 시대에 박권용씨 같은 분이 있기에 세상이 살 만하고 희망이 있는 것입니다.” 하시며 격려박수와 금일봉을 내리기도 하셨다. 한번도 어렵다는 청와대 초청을 두번이나 받은 것이다.

그뿐 아니라 MBC 방송국의 《느낌표》라는 프로그램 중 ‘박경림의 길거리 특강’에도 출연하여 젊은이들에게 “부모님 은혜를 알자”, “이웃에 도움이 되는 삶을 살자”고 역설하여 많은 격려의 전화를 받기도 했다.

그후, 길거리 특강만 모은 책이 나와서 전국에 나의 이야기가 더 많이 퍼지게 되었다. 그 책이 발행되자 인세라고 자그마한 돈을 받았는데, 그 돈도 모두 불우이웃을 돕는 데 다 썼다.

길거리 특강이 방송된 후에 맥도날드 사(社)에서 광고를 찍자고 요청이 들어왔다. 광고의 배경이 되었던 고아원에 그때 받은 출연료를 다 주고 나는 얼굴만 나갔다. 부모 없이 외롭게 자라는 아이들에게 좋은 일 한 셈이 되었다.

2004년도에 3개 방송사에서 시간 시간마다 광고를 통해 얼굴이 나가자, 나는 더욱 유명 인사가 되었다. 현재 나는 전국 군부 안보 교육 강사로 위촉을 받아 경기도 이천 육군교도소에 정신교육을 하

고 있다. 부모 품에서 행복하게 잘 자라서 나라의 부름을 받아 국방
의 의무에 충성해야 할 젊은이들이 고달픈 군복무를 참지 못하고 탈
영을 하는가 하면 총기사고로 돌이킬 수 없는 실수를 저지르기도 한
다. 내가 강의를 한 곳에서는 다행히도 그런 불미스러운 일이 없었고,
각 군부대에서 받은 표창은 수없이 많다.

　나에 대한 입 소문이 여기저기 퍼져나가자 경상북도에서 요식업
신규영업 교육을 담당해달라고 요청해왔다. 그후 6년간 매주 경주
포항 안동 구미 등지에서 교육을 했다. 경상북도에서 식당하시는 분
들은 나의 교육을 받아야 허가증이 나가게 되었다. 신규영업을 하시
는 분들에게 '성공의 지름길'에 대한 교육을 하고 나면 참 좋아하셨
다. 덕분에 강사인기도 투표에서 매년마다 일등을 해왔다. 또 전국
농업경로대학, 주부대학 등에서 "이웃사랑 실천 내가 먼저"라는 제
목으로 출강하고 있다.

　또한 서울 명지대학, 용인대학, 경희대학, 경북대학, 대구대학, 김
천대학, 포항대학, 구미미래대학, 장로회신학대학원, 순복음신학대
학원, 영남신학대학, 한동대학 등 전국 대학교 대학생들에게 인성
교육 강사로 출강하고 있다. 학교를 자주 가다보니 등록금을 내지
못하는 어려운 학생들을 자주 만나게 된다. 학교측의 협조를 받아

서 등록금을 내지 못하고 휴학을 해야 할 딱한 처지에 있는 학생들의 명단을 받아 형편이 되는 대로 수십회 도와주기도했다. 하지만 아쉬운 것은 그렇게 도움을 받았던 학생중에 졸업 후 감사하다고 찾아오는 학생이 단 한 명도 없었다는 사실이다.

물론 나를 찾아오지는 않더라도 그들이 발을 붙인 사회에서 빛으로 소금으로 살아주기만을 바랄 뿐이다. 누군가는 민들레처럼 사랑의 씨앗을 계속해서 흩뿌려주기를 기도할 뿐이다. 나는 단지 배움의 길에 서 있는 학생에게 많이 베풀어야 한다고 생각했기 때문에 힘이 닿는 대로 실천했을 뿐이다.

하지만 자장면을 팔아서 대학생 등록금을 내주는 데도 한계가 있었다. 나는 그리스도인이다. 새벽 시간 교회에 가서 하나님께 기도한다. "하나님, 내가 살아온 길을 한권의 책을 만들어서 세상에 힘들고 어려운 분들에게 희망과 용기를 줄 수 있게 해주십시오." 그러나 2년 동안이나 기도를 하여도 하나님은 응답이 없으셨다.

심어두면 거두는 날이 오듯이 드디어 서울의 한 출판사에서 찾아오셔서 책을 내자고 하셨다. 판매금의 10%를 받기로 하고 『행복을 만드는 자장면 아저씨』라는 책을 출판하게 되었다. 감사하게도 기대보다 많이 팔렸고 어려운 가정과 학생들을 도울 수 있었다. 그러

면서 기도가 하나 늘었다. 책을 읽는 한사람 한사람의 가슴에 사랑
의 열매가 맺어지길 바란다는 기도였다.

　나는 더욱 밝고 아름다운 세상으로 변해가길 소원하며 그후 몇권
의 책을 더 펴냈다. 많은 분들이 책을 사주셨다. 책 내용이 좋아서라
기보다 불우이웃과 함께 동참하는 뜻에서 많이 사주신 것 같다. 강
연이 끝나면 곧바로 책을 사주시는 분들도 아주 많았다. 그럴때 마
다 다짐한다. "앞으로도 많은 사람들에게 희망을 밝혀주는 등불이
되겠습니다."

주님이 나를 찾아오셨다

돌이켜 보니 내게 봉사는 일상의 자연스러운 한 부분으로, 거의 본능적인 것이었다. 나에게 봉사는 하지 않으면 안 되는 어떤 것이었다. 그러나 중년이 되자 봉사하는 데 있어 새로운 용기를 얻을 무엇인가가 필요해졌다. 바로 신앙이 나에게 용기를 북돋아주는 대상이 되었다.

평리동에 반점을 처음 내고 얼마 안 된 어느 일요일이었다. 교회에 간 아내가 그날따라 올 시간이 지났는데도 오지 않았다.

중국집은 일요일에 주문이 제일 많이 밀려든다. 그렇지 않아도 근처에 새로 생긴 중국집과의 경쟁으로 걱정이 되어서 밤에 잠도 못 자는 판인데 이 마누라가!

마침내 아내가 가게 안으로 들어섰을 때 나는 아내한테 달려들어 입에 담을 수 없는 욕을 내뱉으며 주먹을 날렸다. 그런 다음 아내의 손에서 성경책을 빼앗아 도마 위에 올려놓고는 크고 넓적한 중국 부엌칼로 반쪽을 내버렸다.

사실 나는 오랫동안 기독교를 대단히 싫어했다. 내가 만난 기독교인들이 모두 인색한 사람들이었던 것이 기독교에 대한 거부감의 중요한 원인이 되었던 것 같다. 우연히도 내가 세들어 살던 집이나 건물 주인들이 모두 장로이거나 교회에 열심히 다니는 분들이었다.

그런데 한결같이 비위가 뒤틀릴 정도로 인색해서 월세 하루 밀린 것 가지고도 저승사자처럼 지독하게 굴었다. 나같이 배운 것 없는 중국집 따라지도 푼돈을 아껴가며 남을 돕겠다고 나서는 판인데, 도대체 교회라는 데는 왜 다니냐 하는 교만한 심보가 생겼던 것이다. 이런 심보가 굳어지니까 교회 다니는 사람이라면 꼴도 보기 싫었고 심지어 아내가 다니는 교회의 목사나 신도가 찾아오면 욕을 해서 쫓아내기도 하였다.

그렇게 마흔 해를 살아왔던 내가 회개를 하고 기독교인이 된 게

20년 전의 일이었다. 나를 돌아서게 만든 것은 잊을 수 없는 신비스러운 꿈이었다.

꿈속에서 교통정리를 하고 있었다. 등 뒤에서 누가 부르는 소리가 들리기에 돌아보았더니 검은 가운을 입은 점잖고 풍채 좋은 남자가 서 있다가 뜬금없이 물었다.

"저 차들이 어디를 가는지 아느냐?"

"그걸 내가 어떻게 알아?"

"그럼 네가 가야 할 길은 어디냐?"

"그냥 살다가 죽으면 되는 기지…."

"죽은 뒤에 심판이 있는 것을 아느냐?"

그런 다음에 마른하늘에 날벼락이 떨어졌다. 아내가 뺑소니차에 치여 죽었으니 어디 가서 시체를 찾아보라는 것이다. 허겁지겁 반점 안으로 달려갔다. 과연 찌그러진 배달통, 깨진 그릇이 흩어져 있고 빨간 피가 낭자한데 마누라의 모습은 보이지 않았다.

"아이구, 여보… 나 만나서 한평생 고생만 하고, 침대 위에서 자보는 것이 소원이라더니 한번도 못해보고. 당신이 이렇게 가버리면… 내가 아무리 남을 도운들, 당신이 이렇게 가버리면 뭣하겠노!"

주저앉아 목놓아 울고 있는데 아까 보았던 남자가 다시 나타났다.

“죽이고 살리는 것은 하나님이 하시는 일, 아내를 찾으려면 아내가 다니던 교회로 가보시오.”

평소에 교회와 목사에게 했던 내 소행이 생각나서 마음이 걸렸지만 이것저것 따질 판국이 아니었다. 부리나케 교회로 달려갔다. 목사님이 나오시고 뒤이어 남녀 학생들이 꽃을 들고 와서는 내게 한 아름 안겨주었다.

꽃향기를 맡자 서러움이 북받쳐 또 눈물이 쏟아져 나왔다. 어릴 때 배가 고파서 도둑질하던 일, 열한 살에 중국집에 들어가서 고생하던 일, 이루어 놓은 것도 없이 살려고 발버둥치던 일들이 주마등처럼 머릿속을 스치며 지나갔기 때문이다.

목사님이 말했다.

“죽고 살고 하는 것은 내 소관이 아니니 아내를 찾으려면 하늘나라로 가보세요.”

“하늘나라는 어떻게 가는교?”

내 물음과 동시에 하늘에서 사다리가 내려와 땅에 닿았고 하늘에서 소리가 들려왔다.

“발을 얹으라!”

“지 말입니꺼?”

"그래 너!"

까마득히 높은 하늘에 닿아 있는 그 사다리 중간쯤에 이르렀을 때 하늘에서 소리가 들렸다.

"아래를 한 번 내려다 봐라!"

사다리 저 아래에서 끔찍한 일이 벌어지고 있었다. 엄청나게 넓은 땅덩어리 위에 수없이 많은 인간들이 갖가지 맹수들한테 물어뜯기고 찢기고 있는가 하면, 뱀이 여자의 입으로 들어가 자궁으로 나오고 남자의 항문으로 들어가서 머리로 나오는 무시무시한 광경이 펼쳐지고 있었다.

"너는 저걸 보고도 예수 안 믿겠느냐?"

다시 하늘에서 소리가 들렸다.

"아이구, 믿겠습니다. 믿고말고요! 제가 왜 안 믿겠습니꺼!"

겁에 질린 나는 이렇게 소리를 지르다가 그 끔찍한 광경 한복판으로 떨어지고 말았다. 뱀이 달려들어 내 온몸을 휘감고 맹수들이 엉덩이를 물어뜯었다. '이대로 죽는구나.' 하는 생각이 든 순간 하늘에서 뭔가가 떨어져 짐승들을 쫓아버렸다. 나는 사다리를 잡고 하늘로 기어올라갈 수 있었다.

사다리 위는 천국이었다.

흰 옷을 입고 넓적하고 긴 부채를 든 아름다운 여자 셋이 나를 맞았다. 천사인 것 같았다.

한 분이 빨갛고 동그란 토마토처럼 생긴 과일을 꺼내어 네 쪽으로 자르더니 그 중 한 쪽을 주면서 말했다.

"회개의 과일이니 드세요."

그 과일을 먹었더니 목사님께 욕했던 것, 마누라와 처가 식구들한테 행패부렸던 것 등 과거에 저질렀던 나의 못된 소행들이 한꺼번에 눈앞을 지나가면서 눈물이 하염없이 쏟아졌다.

천사들은 나를 데리고 어딘가로 갔다.

"저기에 당신이 그렇게 싫어했고 미워했고 학대했던 분이 계십니다. 보세요."

나는 그분의 얼굴을 보지는 못했다. 내 눈에 들어오는 것은 어마어마하게 커다란 발뿐이었다.

"저분이 예수님인교?"

하고는 까무라쳤다.

깨어보니 구름 위였다. 얼굴이 배꽃처럼 희고 달리아처럼 환한, 너무나도 아름다운 사람들이 찬양을 하고 있었다. 천사가 이들은 예수를 믿어 구원을 받고 천국에 온 사람들이라고 설명을 해주었다.

▲ 경북 구미 성심양로원 무료급식

▲ 진해 해군사령관 표창

▲ KBS 아침마당 출연

▲ KBS 아름다운세상 출연

▲ KBS 전국뉴스 '한국의 슈바이쳐'

▲ 김대중 대통령 선행시민초청

▲ 무료급식소 현판식

▲ KBS 김동근 아나운서와 함께

▲ MBC 세상사는 이야기 출연

▲ MBC 칭찬합시다 출연

▲ TBC 출연

▲ KBS 인간시대 출연

잘 나가는가 싶었는데, '생명록'이라는 간판이 걸린 엄청나게 큰 창고 앞에 가서 된통 혼이 났다. 그곳을 지키는 몸집이 크고 험상궂게 생긴 문지기가 나를 보자마자 이를 갈며 달려들더니 "이놈! 니가 욕도 잘하고 난폭한 놈이라지. 나도 난폭한 놈, 깡패 중에 왕깡패였다. 잘 됐다! 어디 맛 좀 봐라!" 하며 나를 죽도록 두드러팼던 것이다. 그렇잖아도 엉덩이는 짐승들한테 물어뜯겨 아프고 얼굴은 회개의 열매를 먹고 쏟아낸 눈물로 엉망인 판에, 입술이 터지고 이가 다 부러져 나갔다.

세 여자 천사에 이어 나를 인도하게 된 남자 천사 두 분이 말리지 않았더라면 정말이지 큰일 날 뻔했다.

"그만! 그만! 이분은 지금까지 이웃을 사랑하라는 하나님 말씀 하나는 잘 지키고 산 사람일세. 성격이 좀 강해서 탈이지만, 이런 분이 예수님 잘 믿으면 앞으로 하나님의 영광을 위해 열심히 사실 분이니 그만하고 봐주게."

세상에 이렇게 고마울 데가 다 있나. 나는 허리를 연방 굽신거리며 말했다.

"참말로 고맙십니더! 앞으로 대구에 오시면 관제탑 삼거리 옆 동해반점에 꼭 오이소. 내 자장면, 탕수육 해드릴게예! 내 뚜드려 팬 저 사람은 데려오지 말고예!"

두 분이 미소를 지으며 여긴 왜 왔느냐고 물었다.

그래서 아내가 죽은 일과 사다리 타고 아내 찾으러 올라오게 된 사연을 말해주었더니 아내의 이름을 묻는다.

"구영숙입니더."

"구영숙이 세상에 한 사람밖에 없는 게 아니오. 대구 무슨 동 무슨 교회에 다녔는지 자세하게 알아야 하오."

내 대답을 들은 후 두 천사가 하늘나라 주민의 이름을 기록한 명부를 뒤지더니 마침내 찾아낸 아내의 이름을 내게 보여주고는 엄한 목소리로 물었다.

"이제 마누라 데리고 가면 안 두드려 팰 겁니까?"

"안 뚜드려 패겠십니더."

"잘해주겠소?"

"예. 잘해주겠십니더."

"어떻게 잘해주겠소?"

"예수님 믿을게예."

"예수님 믿으면서 잘해주어야 하오."

"네."

거기서 아내를 만날 수 있었다. 꽃신을 신은 아내는 얼굴이 아주 부드럽고 평화로워 보였다. 딴 사람 같았다.

아내는 나를 따라오지 않으려 했다.

"지는 안 갈랍니더. 여기가 더 좋아예."

천사들이 달래고 다독거린 다음에야 아내는 나를 따라나섰다.

다시 세상으로 내려오는 길에 크기가 실내 체육관만한 피아노가 보였는데 그 피아노 소리와 함께 찬송가가 울려 퍼지고 있었다.

"나는 보았네 나는 보았네

천국을 나는 보았네

할렐루야 할렐루야

천국을 나는 보았네"

거기서 머뭇거리고 있으려니까 흰 옷을 입은 여자 한 분이 다가와서 말했다.

"이 노래를 배워 가지고 내려가서 국수 뽑으면서 부르시오."

그러고 나서 예수님 잘 믿고 있으면 천사 세 명이 다시 찾아갈 거라는 이야기를 덧붙였다.

그때 잠에서 깨어났다. 아직 어두운 새벽이었다. 아내가 옆에 누워 자고 있었다. 나는 얼른 일어나 아내의 코에 손을 대보았다. 숨결이 느껴졌다.

"아, 다행이다!"

나는 꿈속에서 짐승들에게 물어뜯긴 엉덩이를 어루만지며 교회로 달려갔다. 엉덩이가 실제로 굉장히 아팠다.

그 꿈을 꾸고 나서 석달쯤 뒤에 정말로 천사 세 분이 꿈에 나를 찾아왔다.

잠을 자고 있는데 아래층 홀에서 "박 선생님, 박 선생님." 하고 부르는 소리가 들렸다. 내려가보니 수녀처럼 검은 옷을 입고 사과로 뒤덮은 모자를 쓴 여자 천사 세 분이 서 있었다. 모자가 특이했다. 지역마다 다른 모습으로 나타나는데 대구는 사과의 고장이기 때문에 이런 모자를 쓴 것이라는 이야기를 천사 중 한 분이 나중에 설명해주었다.

"누구십니꺼?"

"천국에서 노래 배울 때 피아노 쳤던 사람입니다."

그 천사가 내게 까맣고 짧은 막대기를 건네주며 말했다.

"땅바닥에 맘껏 금을 그어보세요. 원하는 땅을 다 드릴 테니."

나는 조금이라도 더 넓게 금을 그으려고 안간힘을 썼다.

"이제 앞으로 많은 사람들이 박 선생님을 찾는 날이 올 겁니다."

천사들은 이런 말을 남기고 돌아섰다.

날개도 없는 천사들은 저절로 공중으로 떠오르더니 벽 위쪽에 붙어 있는 작은 창문으로 사라져버렸다.

잠이 깨서 아래층으로 내려가 보았다. 홀은 텅 비어 있었는데 이상한 것은 벽 위쪽의 창문, 그러니까 꿈속에서 천사들이 사라져버린 그 창문이 열려 있는 것이다. 전날 밤 날씨가 추워서 자기 전에 분명히 닫아 두었는데….

이 신비한 꿈을 꾸고 나서 봉사에 대한 나의 생각과 태도에 변화가 일어났다. 예수를 믿기 전까지 내게 봉사는 일상의 자연스러운 한 부분으로 거의 본능적인 것이었다. 그러나 예수를 믿게 되면서 내가 해온 것들이 어떤 의미를 가지는 것이며 어떤 목표를 향해 가야 하는지를 확실하고 분명하게 깨닫게 되었다.

깡패 두목

　그 꿈을 꾼 이후 나는 출소자 선교에 더욱 매진했다. 그 동안 우리 반점을 거쳐 간 출소자들이 줄잡아 백 명은 된다. 잠깐 도와주고 돌아서는 것과 매일 얼굴을 대하는 것은 천지 차이다. 출소자들의 삶을 가까이에서 바라보면서 나는 자의 반 타의 반으로 그들의 삶 속에 끼어들게 되었고, 싫건 좋건 그들의 고민과 방황을 나누지 않을 수 없었던 것이다.

　처음 동해반점 간판을 내걸고 장사를 할 때다. 인상이 험악한 대머리 사내가 들어왔다. 태어날 때부터 전과자같이 생긴 얼굴로 태어

나는 사람이 있을까마는, 그 사내는 누가 보아도 전력이 수상해 보였다.

아니나 다를까. 자장면과 탕수육을 잔뜩 시켜 먹고 한참 자리에서 뭉그적거리더니 돈을 내라는 말이 나오자 본색을 드러냈다. 배를 쑥 내밀며 "배 째라!" 하는 것이다.

기가 막혔다. 교도소에서 막 나온 몸이라 돈이 없다든가, 하도 배가 고파 그랬다든가 했다면 생각을 다르게 했을 테지만 처음부터 해볼 테면 해보라는 식의 배짱으로 나오는 데에는 부아가 치밀지 않을 수 없었다. 그때만 해도 한참 팔팔한 성질에 마음먹고 하는 주먹질이라면 전과자 아니라 전과자 할아버지라 하더라도 상대를 두려워하지 않던 나였다.

"이놈이, 교도소에서 나왔으면 나왔지! 어데서 지랄이고!"

저쪽에서도 밤톨만한 게 겁도 없다는 식으로 얼굴이 이그러졌다. 몇 차례 고함질이 오갔고 주먹다짐까지 하게 되었다.

의자와 탁자가 넘어지고 물잔 몇 개를 깨먹은 끝에 싸움은 결판이 났다. 나의 케이오 승. 축 늘어진 양심 불량자의 손과 발을 줄로 묶어서 지하실에 처박아 버렸다. 마음 같아서는 아주 쓰레기통에 내다 버릴 심산이었다.

그러나 한 시간쯤 시간이 흐르니 내 분도 사그라들었다. 사내를 데려와서 앞에 앉혀놓고 이야기를 시켜보았다.

살인죄로 장기형을 마치고 나온 지 얼마 안 되었다고 했다. 갈 데도 없고 받아주는 곳도 없다는 것이었다. 그 말에 인정이 동한 나는 반점에서 일을 하도록 해주었다. 그런데 일을 시작한 지 며칠 되지 않아서 사고가 일어났다.

비싼 요리로만 그득그득 담아 화투판이 벌어진 여관으로 배달을 간 그가 음식 대신 칼을 들고 들어가서는 판돈을 싹싹 훑어가지고 사라진 것이다.

그날 여관에 불려간 나는 퉁퉁 불어서 못 먹게 된 내 요리 옆에서 주인한테 얼마나 야단을 맞았는지 모른다.

도박판을 덮치고 도망을 갔던 그 사내는 얼마 안 있어 경찰에 붙들렸다. 병원 원장집을 털다가 붙잡힌 것이다. 우리 가게에서 일했다는 이야기를 한 모양이다. 그가 붙잡혔다는 연락을 받고 경찰서로 달려가며 이를 부득부득 갈았다. 만나기만하면 반쯤 죽여놓으리라 생각했다.

그것이 내가 세상에 태어나서 처음 출소자를 만난 경험이었다. 그때만 하더라도 지금처럼 출소자들과 끈끈한 인연을 맺게 되리라고는 꿈에도 생각하지 못했다.

내가 처음 불쌍한 사람들을 도와보려고 나름대로 애를 썼던 것은 돕는 일이 주는 순수한 즐거움 때문이었다. 나같이 천덕꾸러기로 어렵게 자란 사람들에게 도움을 줄 수 있다는 사실, 그리고 그런 도움을 받은 사람들이 보여준 고마워하는 마음은 무엇과도 비길 수 없는 기쁨이었다.

나는 예수님처럼, 또 어떤 훌륭한 성자나 위인이 그랬던 것처럼 내가 가지고 있는 모든 것을 털어서 도와주지는 못했다. 그저 내가 먹고 남은 것을 조금씩 아꼈다가 도와주거나 내 먹을 것을 조금 떼어서 나누어주었을 뿐이다.

그런데 남을 돕는 일이란 마약과도 같은 데가 있어서 한번 습관이 되고 중독이 되면 좀처럼 그만두기가 어려웠다. 그만두기는커녕 마약 중독자가 점점 더 약효가 센 약을 찾듯이, 작은 일로 붙은 봉사의 습관은 저절로 더 커다란 봉사로 자라나게 되었다.

출소자들에 대한 관심도 그랬다. 출소자들의 딱한 처지에 대한 동정이 내 마음에 자리 잡았고 나 같은 사람이라도 그런 이들을 위해서 뭔가 할 일은 없을까 하는 막연한 생각을 품게 되었다.

이 막연한 관심에 불을 놓은 것은 신앙이었다. 기독교인까지 되었으니 남을 위한 봉사도 그만큼 더 강도를 높여야 한다고 생각했고, 그런 생각은 자연스럽게 사회 가장 밑바닥에서 가장 짙은 절망을 맛보고 있는 재소자들한테 가 닿았다.

그러다가 7년 전쯤 우연한 기회에 재소자들을 상대로 강의를 하게 되었다. 재소자를 위한 강의를 하시는 강사분들은 대부분 박사나 교수 같은 학식 높고 지위 있는 분들인데 과분하게도 내가 거기에 끼게 되었던 것이다.

처음에는 시험 삼아 한번 해보기로 교도소 측과 이야기가 되었는데, 재소자들의 반응이 좋았던 모양이다. 교도소 측에서 정기적으로 나와달라는 요청을 해왔다. 아마 내가 국민학교도 나오지 못한 중국집 주인이라는 사실, 자신들과 비슷한 험로를 용케도 헛발 짚지 않고 지나왔다는 사실이 재소자들의 마음을 열게 했던 것 같다. 그렇게 해서 한 달에 한 번씩 교도소로 들어가 재소자들과 얼굴을 마주 대하는 과분한 일을 맡게 되었다.

내 강의를 들은 재소자들에게서 편지가 오기 시작했다. 그리고 시간이 지나면서 출소자들이 찾아오기 시작했다. 처음 출소자들이 한두 명씩 찾아올 때는 그들이 마땅히 갈 만한 곳을 찾을 때까지만, 무슨 일거리든 일자리가 생길 때까지만 돌봐주면 되겠거니 하고 반점의 한켠을 그들에게 내주었다. 그런데 나를 찾아오는 출소자의 수가 하나 둘 늘어나기 시작했다. 많을 때는 일곱 명까지 불어났다. 전과 19범을 포함해서 기거하는 출소자 식구의 전과 합계가 모두 39범인 적도 있었다.

다행히 당시는 장사가 썩 잘 되었고 가게도 넓은 곳으로 옮겨서 몇 명 더 늘어난 출소자들을 그럭저럭 감당할 수 있었다.

문제는 손님들이었다. 가게에 손님이 왔다가도 출소자들을 보면 발길을 돌렸다. 동해반점에 출소자들이 기거한다는 소문이 퍼지면서 손님들의 발길을 끊어지기 시작했고 배달 주문도 눈에 띄게 줄어들었다.

더 심각한 문제는 가출 소년을 거두는 것만도 힘에 부치는 판국에 출소자들의 뒤치다꺼리까지 고스란히 떠맡은 아내였다. 몸도 힘들지만 여자의 몸으로 험한 출소자들과 부대끼는 게 부담스러울 수밖에 없다. 나 역시 아내를 혼자 가게에 두고 밖에 나와 있으면 마음이 편치 않았다. 또 가출 소년들과 출소자들이 한 공간에 섞여 지내는 것도 불안했다.

그래서 고민 끝에 가게 근처에 출소자들이 머무를 방을 따로 마련했다.

처음에는 지금 이 사람들만 가면 금방 방을 빼도 되겠거니 하는 심산에서 방을 하나만 얻었다. 그러나 웬걸, 소문을 들은 출소자들이 계속해서 줄을 이었다. 방을 빼기는커녕 하나로는 부족해 한 개 더 얻어야 했다. 그리고 그 방들은 지금도 그대로 있다.

그 동안 우리 반점을 거쳐 간 출소자들이 줄잡아 백 명은 된다. 출소자들에 대한 처음 생각은 아주 소박했다. 당장 갈데없는 그들이 사회에 정착할 수 있을 때까지 숙식을 제공해준다는 것.

그러나 출소자들과 직접 부딪치면서 생각이 달라졌다. 잠깐 도와주고 돌아서는 것과 매일 얼굴을 대하는 것은 천지 차이였다. 출소자들의 삶을 가까이에서 바라보면서 나는 자의 반 타의 반으로 그들의 삶 속에 끼어들게 되었고, 싫건 좋건 그들의 고민과 방황을 나누어 갖지 않을 수 없었던 것이다.

출소자들과의 생활은 내게도 하나의 도전이었다. 그들은 걸인들이나 가출소년들과는 달랐다. 더 많은 인내, 더 많은 끈기, 더 많은 자기와의 싸움을 요구했다.

교도소에 강의를 나간 지 얼마 안 되었을 때, 한 재소자가 편지를 보냈다. 편지의 이름을 보고 깜짝 놀랐다.

이문용.

"지난 날 아저씨가 그렇게 사랑을 베풀어주셨는데 그 사랑을 알지 못하고 도망가서 죄를 지은 사람이 되었습니다. 교도소에서 우연히 아저씨의 강의를 듣고 한없이 울었습니다…."

세상에, 이것이 무슨 인연인가!

문용이를 처음 만난 것은 평리동에서 어렵게 명월관을 할 때다. 자전거를 타고 배달을 가던 길이었다. 국민학교 앞 다 쓰러져가는 집 앞에 아이 하나가 힘없이 쭈그려 앉아 있었다. 더럽기 짝이 없는 몰골이었다. 하무래도 마음에 걸려서 얼른 배달을 마치고 다시 가보았다. 여전히 거기 앉아 있다. 살살 달래서 말을 시켜보았다.

그때 문용이의 나이가 열한 살, 어머니는 가출했고 부양 능력이 없는 아버지는 문용이가 일곱 살 때 고아원에 넣어버렸다.

내가 어머니를 찾겠다고 대구로 무작정 몰라왔던 게 문용이보다 한 살 더 먹었을 때다. 그때 나도 문용이와 같은 꼴로 대구 거리를 헤매었다. 눈물이 핑 돌았다.

문용이를 반점으로 데리고 왔다. 우선 깨끗이 목욕이 시킨 다음 시장으로 가서 옷을 한 벌 사 입혔다. 이제 이 애를 어찌할꼬. 길거리로 내보낼 수야 없다. 그렇다고 고아원으로 다시 보내는 것도 찝찝했다. 일단 데리고 있으면서 차분이 생각해보기로 아내와 합의를 봤다.

우리 집에 온 지 며칠 안 되었을 때 문용이에게 만 원짜리 한 장을 주고(만 원짜리 지폐가 막 나왔을 때이다) 잔돈으로 바꿔 오라는 심부름을 시켰다. 그런데 시간이 한참 지났건만 녀석이 돌아오지를 않았다. 돈을 들고 도망친 것이다.

'내 딴에는 잘 해주려고 노력했는데….'

나는 가게를 아내에게 맡겨두고 문용이를 찾아다녔다.

오락실 같은 것이 없던 시절이다. 갈 곳 없는 아이들이 모이는 곳은 빤했다. 기껏해야 달성공원 아니면 오스카극장 정도, 특히 도둑질한 아이들이 애용하는 장소가 극장이라는 사실은 금성원 시절부터 아는 상식이었다.

달성공원을 한 바퀴 돌아보고 내려와 오스카극장으로 갔다. 영화가 끝날 때만을 기다렸다. 마침내 영화가 끝나고 극장 안에 불이 들어왔다. 아니나 다를까. 의자에 앉아 초콜릿을 먹고 있는 문용이의 뒤통수가 보였다.

목덜미를 붙잡아 자전거 뒤에 태우고 반점으로 돌아왔다. 단단히 혼을 내주었다. 무릎을 꿇고 앉아 다시는 안 그러겠노라고 손이 발이 되도록 빌던 문용이의 모습이 지금도 기억에 남아 있다.

그러나 일주일도 못 되어 문용이는 다시 사라졌다. 하루 장사한 돈이 담겨 있는 금고도 통째로 없어졌다. 아내는 고개를 절레절레 흔들었다.

"싫다고 도망가는 긴데 우짤깁니꺼. 찾지 마이소. 찾아서 데꼬 와 봤자 더 큰 것 훔쳐갈 것 아입니꺼."

나는 아내의 말을 따랐다. 그런데 거의 이십 년 동안 까맣게 잊고 있던 녀석한테서 느닷없이 편지가 날아든 것이다. 그것도 교도소에서….

그 다음 강의를 갔을 때, 교도소 측의 배려로 문용이를 잠깐 동안 면회할 수 있었다.

"니가 문용이가?"

"아저씨…."

문용이가 고개를 숙였다. 고개를 들려고 하지 않는다. 나는 문용이의 얼굴을 얼른 알아보지 못했다. 내가 기억하고 있는 문용이의 얼굴은 아무것도 모르는 어린아이의 얼굴이었다.

길다면 길고 짧다면 짧은 이십 년이라는 세월이 흘러 다시 만난 문용이의 얼굴은 너무나 많이 변해 있었다. 그 사슴같이 예쁘고 맑던 얼굴은 온데간데 없었다. 그 대신 생기 없는 눈, 섬뜩할 정도로 악만 남은 전과 4범의 얼굴이 내 앞에 있었다.

나중에 안 사실이지만 내가 직접 목욕을 시켜주었던 그 보들보들한 몸은 온통 용 문신으로 뒤덮여 있었다. 용 문신은 교도소 안에서 한 것이었다. 교도소 안이 좀 험한 곳인가. 다른 사람들을 겁주기 위해서 그런 걸 하는 재소자들이 있다.

마음이 한없이 착잡했다. 울고 싶은 심정이었다. 그때 문용이를 끝까지 찾았더라면, 끝까지 돌보아주었더라면 지금쯤 버젓한 사회인이 되어 있을지도 모른다. 왜 찾지 않았는지 후회스러웠다.

형기를 마치고 출소한 문용이가 반점으로 나를 찾아왔다. 교소도에서 볼 때는 몰랐는데 두 다리를 절고 있었다. 반점에서 돈을 훔쳐가지고 도망간 어린 문용이는 이리저리 거리를 헤매었다고 한다. 그러다가 눈이 내리던 날 한데서 눈을 맞으며 잠을 잔 게 탈이었다. 동상에 걸려 다리가 붓고 아프고 썩어 들어갔다. 하지만 그 열한 살짜리 꼬마는 찾아갈 곳도 없었고 눈여겨 봐주는 사람도 없었다.

우연히 한 수녀님을 만난 게 그나마 다행이었다. 그 수녀님이 수술도 시켜주고 의족도 달아주었다고 했다. 돌봐주는 사람도 없이 다리마저 불편한 문용이로서는 범죄밖에 살아갈 길이 없었다고 했다. 며칠 반점에 머무르던 문용이는 이불을 만드는 공장에 취직을 해서 반점을 떠났다. 그러나 얼마 못 다니고 공장을 그만두더니 연락이 끊어지고 말았다. 행방을 수소문해보니 오토바이 절도에 신용카드 사취로 또다시 교도소에 들어가 있었다.

교도소에서 나온 문용이가 다시 반점으로 찾아왔다. 문용이는 한동안 재소자와 출소자들을 위해 천주교에서 운영하는 파스카의 집이라는 종교 자선 단체에 머물렀다. 평소에 알고 있던 그 곳의 수녀님께 문용이를 부탁했다. 얼마 후에 수녀님이 전화를 하셨다. 문용이가 신부님의 월급을 훔쳐가지고 달아났다는 것이다.

며칠 후, 그렇게 도망간 문용이가 다시 나를 찾아왔다. 마침 아는 분이 다니는 교회에 숙식도 해결하고 용돈도 벌 수 있는 일자리가 있었다. 평소에 교회라면 질색을 하던 문용이가 이번에는 교회에서 일해보겠냐는 내 제의에 순순히 따라주었다. 그러나 그 역시 오래가지 못했다. 어느 날 그 교회 사무장에게서 다급한 전화가 걸려왔다.

문용이가 교회 장로님한테 돈을 내 놓으라고 으름장을 놓다가 거절을 당하자 장로님의 이를 부러뜨리고는 교회 앞마당에서 행패를 부리고 있다는 것이었다.

부리나케 교회로 달려갔다. 웃통을 벗어 용 문신을 드러낸 문용이가 굵은 쇠파이프를 질질 끌면서 교회 앞마당을 어슬렁거리고 있었다. 마당에 있던 차 한 대는 이미 박살이 나 있었다.

바로 달려들어 쇠파이프를 빼앗고 문용이를 두드려 팼다. 나도 화가 머리끝까지 나 있었다. 눈이 뒤집힌 문용이가 덤벼들려고 했다. 하지만 나는 안다. 아무리 나한테 두드려 맞아도 녀석은 나를 때리지 못한다. 설사 때리더라도 세게 때리지는 못한다. 문용이를 꽁꽁 묶어서 반점으로 끌고 왔다.

지금 문용이는 갱생의 집에 있다. 그곳은 나라에서 운영하는 출소자들의 숙박소이다. 가끔 나를 찾아오는데, 얼굴이 보고 싶어 왔다지만 용돈이 궁해서 올 때가 더 많다. 그럴 때마다 잔소리를 하지만 내 말은 죽어라 듣지 않는다. 미운 녀석….

그런데 이상도 하다. 보고 있으면 밉다가도 연락이 없으면 궁금하고 걱정이 된다. 그리고 그 미운 얼굴이 보고싶어진다. 그래서 내가 녀석을 찾아갈 때도 있다.

녀석에게는 아껴줄 가족도 친척도 없다. 친구도 없는 것 같다. 찾아올 사람이라곤 나뿐인 것 같다. 세상과 믿음으로 연결된 끈이 단 하나뿐인 것이다. 힘이 남아 있는 동안은 나는 그 끈을 놓고 싶지 않을 뿐이다. 녀석이 내가 보았던 열한 살 어린 아이의 해맑은 얼굴을 다시 찾을 수 있으면 얼마나 좋을까.

아주 조금씩만 더 기다리기

나는 회복기의 환자를 보듯 박씨를 바라본다. 일주일에 일곱 번 난동 부리던 것을 여섯 번 부리고, 하루에 욕 열 번 하던 것을 아홉 번 하는 것. 참고 견디면서 이것을 확인하는 것. 이것이 박씨와 함께 생활하는 재미라면 재미이다. 그러다보면 결국 언젠가는 그 한번의 행패도 사라지지 않겠는가.

박우일 씨는 장대비가 쏟아지던 날 나를 찾아왔다. 출소자가 대뜸 반점으로 찾아오는 일은 절대로 없다. 언제나 전화부터 걸어온다.

"…강사님이십니까?"

이러고서 말이 한동안 끊기면 무조건 출소자라고 봐도 된다.

"대구대학원 학생이십니까?"

대구대학원은 대구교도소를 말한다.

"네… 만나뵙고 싶어서 전화드렸습니다."

"그럴 것 없습니다. 바로 우리집으로 오십시오."

막 출소한 박씨도 그렇게 해서 우리 반점에 왔다.

사기 전과 4범. 청와대 경호원으로 일했던 경찰관 출신이다.

교도소에서 나온 박씨는 갈 데가 없었다. 술을 먹고 소동을 부리는 바람에 갱생의 집에서도 파스카의 집에서도 받아주지 않는다고 했다. 그래서 출소자들을 위해 내가 마련한 월셋방에 넣어 주었다. 그런데 들어간 지 며칠도 안 되었을 때 주인 할머니가 씩씩거리며 달려오셨다. 박씨가 술을 먹고 주인 할머니한테 행패를 부린 것이다.

"당장 방 빼라! 저런 놈들은 이제 절대로 안 들일끼다!"

할머니는 연세가 아흔이 넘으신 분이다. 남 험담할 줄 모르는, 깨끗하고 바르신 분이다. 아들이 있지만 살림이 어려워 세를 놓아 그 돈으로 살아가신다. 처음에 출소자들에게 방을 얻어줄 때에 할머니에게 그 사실을 말하지 않았다가 뒤에 단단히 야단을 들었다. 그러나 워낙 성품이 어지신데다가 내가 방세를 꼬박꼬박 잘 내서 그냥 눈감아주셨다. 또 내가 평생토록 자장면, 짬뽕을 무료로 드리기로 했는데, 두어 번 잡수신 뒤로는 말씀을 안 하신다. 그런데 가끔 속 좁은 출소자들이 할머니의 어머니 같은 잔소리를 고깝게 듣고는 "저승 갈 날이 멀지 않은 늙은 할매가 사람을 무시한다"며 성질을 부리곤 한다. 사실 출소자 때문에 가장 많이 곤욕을 치르는 분이 아내 다음으로 그 할머니일 것이다.

"할매요! 이 사람이 다시 행패를 부리면 방을 빼버리고 다시는 할머니 집에 세를 얻지 않겠습니다. 한 번만 봐주이소. 다시는 나쁜짓 안 할 겁니다."

빌고 빌어서 간신히 할머니를 돌려보냈다. 이 일로 박씨한테 싫은 소리를 좀 했다.

얌전하게 지내던 박씨가 며칠도 못 가서 다시 행패를 부렸다. 이번에는 아주 심했다. 연락을 받고 달려가보니 집이 발칵 뒤집어졌다. 박씨가 던진 맥주병에 옆방의 문살이 다 부서져 있고, 박씨는 마당 한가운데 서서 깨진 맥주병을 들고 할매 눈알을 뽑아버린다며 고래고래 고함을 지르고 있다.

달려들어 박씨를 붙잡으니 취해서 벌게진 눈을 부라리며 내게 소리를 질렀다.

"내한테 이따위 좀 도와주었다고, 니가 사회에 봉사한다고 자랑하고 다니는 거야? 이 ××놈아!"

그날 그 자리에서 박씨와 격투를 벌인 게 박씨의 말에 부아가 치밀어서였는지 아니면 도저히 말로는 박씨의 행패를 저지할 수 없다는 판단에서였는지 나로서는 분명치가 않는데, 아무튼 그날 나는 이만저만 혼쭐이 난 게 아니다. 청와대 경호원 출신인 박씨는 정식으로 무술을 익힌 사람이다.

취중인데도 주먹질, 발길질이 대단했다. 이소룡처럼 치고 들어오는데 내가 배운 어설픈 유도나 권투 실력으로는 어림도 없는 고단수였다. 박씨한테 붙잡혀 맨 땅에 거꾸로 처박히기까지 했다. 내 머리가 워낙 돌머리였기에 망정이지 웬만한 사람 같았으면 뇌진탕으로 죽었을 것이다.

한참 그렇게 치고받고 옥신각신 하는 중에 문득 빙 둘러서서 구경을 하는 동네 사람들이 눈에 들어왔다. 저 사람들이 나를 보고 무슨 생각을 하고 있을까 하는 생각이 번개처럼 뒤통수를 때렸다. 도대체 내가 지금 무엇을 하고 있는 건가. 온몸에 힘이 쭉 빠져 버렸다.

"박씨, 박씨, 내 말 좀 들어보소. 인자 우리 그만하입시다. 우리가 와 이리 싸워야 되는교? 누가 이기고 지겠는교? 창피한 싸움 아닌교.

그만 하입시다!"

"당신이 먼저 놔!"

박씨가 씩씩거렸다. 내가 먼저 박씨의 옷을 붙잡았던 손을 놓자 박씨도 내 어깨를 잡았던 손을 치웠다. 정신을 차리고 보니 둘 다 몰골이 말이 아니다. 내가 입고 있던 반바지는 아예 반쯤 벗겨져 팬티가 다 나왔다. 박씨한테 냉수를 한 잔 건네고 나도 한 잔 벌컥벌컥 들이켜고는 혀를 내두르며 반점으로 돌아왔다.

그런데 반점에 닿기가 무섭게 한 사람이 쫓아왔다. 박씨가 이번에는 칼을 들고, "왜 강사님한테 일렀느냐?"며 할머니를 죽인다며 또다시 난리를 치고 있다는 것이다.

다시 달려가 보니 동네 사람이 경찰에 신고를 한 모양이다. 경찰 다섯 명이 와서 박씨를 경찰서로 끌고 갔다는 것이다. 경찰서로 쫓아갔다.

주민들의 신고로 붙잡힌 까닭에 나 혼자의 보증만으로는 석방이 불가능했다. 용서를 해주겠다는 동네 주민들의 합의서가 필요했다. 그날 합의서에 도장을 받아내느라고 온 동네를 돌아다니며 있는 욕 없는 욕을 귀가 얼얼할 정도로 들어야 했다.

"여기 살게 하지 말고 내보내라. 좋은 일 하려면 당신 혼자 하지,

한두 번도 아이고 이웃 사람들한테 이리 피해를 줘도 괜찮은 기가? 그런 사람 세 들인 할매보다 당신이 더 나쁘다!"

우여곡절 끝에 박씨를 꺼내왔는데 그 다음날 아침, 박씨가 한다는 말이, "저 어제 제가 혹시 뭔 실수 안했습니까?" 이런다.

출소자들은 맺힌 게 많은 사람들이다. 평소에는 온순하던 사람도 술에 취해서 맺혔던 것이 풀려나오면 전혀 딴 사람이 되기도 한다. 나 혼자 당하는 것이라면 어떻게 버텨볼 수 있을지도 모른다. 하지만 불똥은 언제나 사방으로 튄다.

출소자들과 접하면서 가장 괴로운 때는 완력을 쓸 수밖에 없는 상황을 만났을 때이다. 마음이나 말만 가지고 되지 않는 순간들이 있다. 박씨의 경우처럼 노골적으로 치고 받지 않더라도 때때로 효과적인 의사 표시의 수단으로 완력을 내세워야 하는 안타까운 순간들이 있는 것이다.

예수님이라면 어떻게 하셨을까? 예수님은 완력이 필요 없으셨다. 모두들 그분 앞에서는 온순해질 수밖에 없었으니까. 마침내 모두들 완력이 필요하다고 생각했을 때에 그분은 십자가를 택하셨다.

무한한 사랑이라야 가능한 이야기이다. 하지만 나는 먹고 살기 위해 아등바등하는 일개 자장면집 주인에 지나지 않는다.

어제 혹 실수를 하지 않았느냐고 물었던 그날 박씨는 또 술에 취해 할머니에게 행패를 부렸다.

이번에는 일주일 구류를 살게 되었다. 사나흘 후에 경찰서에서 전화가 왔다. 박씨가 나를 보고싶어한다고 했다. 경찰서에 갔더니 초췌해진 얼굴의 박씨가 머리를 쥐어뜯는다.

"죽겠소. 내가 와 그랬는지 모리겠습니다. 배가 고파 죽겠소. 국밥 한 그릇 사주이소!"

구류가 풀리던 날 집으로 돌아오면서 박씨에게 말했다.

"한 번만 더 이런 행동이 나오면 내하고는 이제 갈라서야 합니다. 병원에 가면 나을 가망이 있는 환자도 있고 가망이 별로 없는 환자도 있습니다. 나을 가망이 별로 없는 환자라도 의사는 일단 최선을 다합니다. 하지만 환자의 병에 전혀 차도가 없으면 의사로서는 시간만 낭비한 거 아입니까? 그 시간에 나을 가망이 있는 환자를 치료하는 게 더 낫지 않겠습니까? 또 한 번 그라모 내하고는 끝입니다."

박씨는 진심으로 사과를 했고 다시는 말썽을 피우지 않겠다는 각서까지 자진해서 썼다. 각서를 썼다고 사람이 하루아침에 달라지지는 않는다. 하지만 박씨의 행동이 전보다 조심스러워진 것은 사실이다.

박씨는 현재 백화점 창고의 일당직으로 열심히 살고 있다. 행패를 부리더라도 대개는 혼자 부리다 제풀에 지쳐 조용해진다. 전처럼 남한테 해코지를 하는 법이 별로 없다. 술을 마셔도 내게 욕을 하는 법은 없다. 그리고 그런 '나홀로 난동'을 부리는 횟수도 조금씩 줄었다. 조금씩 조금씩 변하고 있는 것이다. 남들의 눈에는 그게 그것처럼 보일지 몰라도 내 눈에는 그 미세한 변화가 신기하다.

박씨는 원래 단란한 가정의 점잖은 가장이었다. 배운 사람이고 글도 잘 쓴다. 그가 그렇게 된 것은 한때의 욕심에 불운이 겹쳤기 때문이었다. 아내는 도망을 갔고 버젓한 친척들은 많지만 마흔 살을 훨씬 넘긴 전과자를 죄다들 외면하는 모양이다.

그가 감옥에 있는 동안 고아원에 맡겨졌던 그의 아들이 아직 고아원에 있다. 올해 중학교 3학년, 일요일이면 곧잘 아버지를 만나러 반점으로 찾아온다. 녀석이 오면 자장면을 맛나게 해주고 용돈도 얼마쯤 쥐어 준다. 아버지의 어두운 사연에 대해서 다 알고 있으면서도 아버지에 대해 한 마디 불평하는 소리를 들어본 적이 없다. 아버지의 좋은 점 착한 점은 본받고, 나쁜 점은 절대로 닮지 않겠다는 말도 한다. 대견한 녀석이다.

고아원에서는 고등학교 때까지만 돌봐준다.

“열심히 공부하거래이. 대학 갈 때 내 도와주꾸마!”

“알겠습니다.”

대답도 아주 깍듯하고 인사도 깍듯하다.

어느 날 한 통의 편지를 받고 나는 또 고민을 하게 되었다. 13년째 대구교도소에 복역하고 있는 어느 무기수로부터 온 편지였다. 그에게 올해 경북대 2학년 다니는 아들이 하나 있다고 했다.

자신은 무기수의 몸으로 아들을 돌볼 수 없는 죄인인데 다행히 지금까지 한 교회 장로님이 아들을 돌봐주셨다는 것이다. 헌데 문제가 생겼다. 그 장로님이 그만 세상을 떠난 것이다. 그래서 아들이 대학 졸업할 때까지만 도와줄 수 없겠느냐고 간곡히 내게 부탁한다.

아들놈이 초등학교 때부터 컴퓨터를 사달라고 아주 타령을 불렀는데 아직 못 사준 나다. 하지만 그 무기수의 편지는 도저히 눈 감아 버릴 수가 없었다. 그래서 그 무기수 아들을 돌보기 시작했다. 그 녀석이 이제 대학 졸업반이다. 장로님의 사랑에 내 사랑을 조금 보태 준 것이다.

대견하게도 기술고시에 합격해 봄에는 연구원에 교육받으러 들어간다고 한다. 내가 녀석을 볼 때마다 이르는 말이 있다. “너는 사회의 도움을 많이 받고 사회에 나가는 사람이다. 그러니 부디 없는 자

들, 약한 자들의 눈물을 볼 줄 아는 사람이 돼야 한다. 베풂을 받았
으면 반드시 베풀 줄도 알아야 하는 거다⋯."

어느 재소자의 편지

"저는 어려서 부모님을 다 잃고 형님, 누나와 같이 고아원에서 어렵게 자라났습니다. 형님은 중국으로 입양되어 가고 누님은 시집을 갔습니다. 저는 혼자 고아원에 있기가 싫어서 15세 때 고아원에서 도망을 나와서 공주에 있는 중국집에서 어렵게 살았습니다. 그 때 당시에는 월급도 삼천 원씩 받아가며 살았지요. 그러나 나이를 먹고 여자를 알게 되어 모든 것을 다 버리고 여자에 빠져 살았어요. 그러나 그것도 잠깐이었습니다. 모든 것을 잊고 살아가기가 무척 힘이 들었어요. 청주로 가서 새출발을 하기로 마음먹었습니다.

누구의 보살핌도 없이 혼자 사회생활을 하기는 무척이나 힘이 들었어요. 가족도 없는 이 몸을 잡아주는 이도 별로 없었지요. 이때부터 저의 죄가 시작되어 지금까지 어느덧 교도소만 세 번째입니다.

정말이지 휘황찬란한 네온사인과 거리를 지나다니는 여자들을 보았을 때는 저의 마음이 무척이나 힘이 들었어요. 처음부터 지금까지 죄명이 아주 나쁜 것이었습니다.

이제는 사회에 나가면 모든 것을 다 잊고 새롭게 출발을 하고자 마음먹었지만 저를 받아주는 곳은 없었습니다. 또다시 범죄를 저지르고 싶어도 그 지긋지긋한 생각을 하니, 목숨을 걸고서라도 두 번 다시 생각지 말아야겠다고 다짐하게 되었습니다.

출소를 해 보니 사랑하는 아내가 없어졌지요. 여기저기 찾아다녀 보았지만 어디 간 곳이 없었습니다.

어디서 취직을 하고싶어도 제 나이와 전과 때문에 저를 받아주는 곳이 없어서 대구교도소에서 처음 뵌 동해반점 박 사장님을 찾아오게 된 것입니다. 저의 짤막한 머리로는 그동안 제가 살아온 것을 글로 다 표현 못합니다."

우리 반점에서 며칠 머물다 간 한 출소자가 남긴 글이다. 흔히 전과자라고 하면 딴 세상 사람인 것처럼 경계하기 쉽다. 나 역시 그들과 가까이하기 전까지는 그런 편견에 사로잡혀 있었다. 그러나 그들과 가까이 접하고 그들의 마음속에 든 것을 알게 되면서 그들에 대한 내 생각도 근본적으로 바뀌었다.

이 세상에는 나쁜 사람보다 좋은 사람이 더 많다. 나는 그렇게 믿는다. 출소자들도 마찬가지이다. 끝내 실망을 안겨준 이보다는 내 작은 도움을 보람으로 갚은 이들이 더 많다. 우리 반점에서 머물렀던 출소자들 중에는 고생 끝에 생활과 마음에 안정을 이루어 편지나 전화로 연락을 해오는 이들도 있다.

그들과 부대낄 때에는 '와 내가 사서 이 고생을 할꼬?' 하는 생각도 많이 하지만 출소자들이 보내오는 그런 소식을 접하면 그런 마음이 봄 눈 녹듯이 사라진다. 출소자들과 지내는 일은 다른 어떤 경험보다도 힘들지만 그들로 해서 느끼는 기쁨 또한 그 어떤 봉사의 기쁨보다도 더 진하다.

정말 힘들 때가 있다. 오랜 시간과 적지 않은 물질의 투자에도 불구하고 상대방에게서 전혀 호응을 얻지 못하는 경우가 그렇다. 남의 정성을 건성으로 받아들이고 쓸쓸하게 인연을 끊어버리는 출소자가 있는가 하면 물건을 훔치고는 사라져버리는 이도 있다. 그럴 때면 마음이 한없이 착잡해진다. 내 행동은 그저 그들의 기분만 그때그때

맞추어 주는 것일 뿐이었나. 가끔은 출소자들 스스로 마음을 움직이게 돕지 못한 것 아닌가 하고 자책하기도 한다. 그래서 그냥 숙식을 제공하는 것 말고, 무작정 껴안고 있는 것 말고, 출소자들을 위해서 내가 무엇을 할 수 있을까 하는 궁리를 많이 한다.

출소자들은 적당한 직업을 구하기가 어렵고 세상 사람들과 어울리기도 쉽지 않다. 그러다 보면 자포자기하게 되고 결국 재범의 유혹에 빠져들고 만다. 이 악순환의 고리를 끊을 수는 없을까?

그래서 고심 끝에 생각해 낸 것이 껌 장사였다. 이것은 출소자들이 자신의 땀과 노력으로 돈을 벌게 하는 것이 첫째 목적이었다. 그 일을 통하여 냉정하게만 보이던 타인들에게서 공동체의 사랑 같은 것도 맛보게 되지 않을까 하는 기대도 있었다. 아울러 출소자에 대한 일반인들의 선입견이나 오해를 눈곱만큼이나마 줄이는 데 도움이 될 수 있겠다 싶었다.

행상이라면 내가 유경험자다.

고향 가까운 동네에서 육 개월 방위 근무를 할 때였다. 토요일 오후와 일요일에 짬을 내 시골 촌 동네를 돌아다니며 멸치 장사를 했다. 그때 내 별명이 '총각 멸치장수'였다. 잘 웃기고 객담을 잘해서 가는 동네마다 인기도 좋고 매상도 짭짤했다.

맨 처음 껌 장사를 같이 나갔던 출소자는 김씨이다. 일류 재단사 출신인 김씨는 도박에 손을 댔다가 전과 6범의 나락으로 떨어진 양반이다. 평소에는 생김새나 행동거지나 그렇게 점잖을 수가 없다. 그런데 술만 먹었다 하면 정신을 놓아버리는 게 이 양반의 문제였다.

숨쉴 틈도 없이 바쁜 점심시간 후에 김씨와 함께 '출소자 후원'이라는 글씨를 써 붙인 껌 가방을 들고 대구 시내를 돌아다니기를 한 달포 했다.

주로 다방과 음식점을 돌아다녔다. 가방은 김씨가 메고 내가 연설을 했다. 수입은 그런대로 괜찮았지만 예상보다 일이 고달파서 애를 먹었다.

내가 김씨와 껌 장사 다니는 것이 아내의 귀에 들어가는 바람에 아내한테 야단을 들었다. 다방에서 나를 본 동네 사람이 고자질을 했던 것이다.

"추저분하게 껌 장사까지 할 필요가 뭐 있는교?"

"뭐가 추저분하노?"

"꼭 그래야 되겠습니꺼?"

"껌 장사가 뭐가 우때서? 땀 흘려서 돈 벌고 사람 구경도 하고… 안 좋나?"

　그렇게 일년 반을 같이 생활했던 김씨는 지금 다시 교도소에 가

있다. 잠시 고향에 내려갔다가 술을 먹고 또 다시 사고를 낸 것이다.

가끔 편지를 보내온다.

이판사판으로 드립니다

"하나님, 내 자식들 받을 복이 얼마나 될는지는 모르겠지마는 그 복 좀 가불로 땡겨주시면 안 되겠습니까? 한 번만 가불로 땡겨 주시면 지가 꼭 갚겠습니다. 부족한 몸이지마는 성경에 써 있는 대로 다 주었습니다. 그러니 제발 지를 좀 살려주이소!"

내가 가장 무서워하는 사람은 바로 우리 가게 건물 주인이다. 건물 주인이 나를 부르면 그냥 가슴이 덜컹 내려앉는다. 집세를 올리겠다고 하든가 나가라고 할까 봐. 그래서 건물 주인만 보면 겁이 난다. 미담의 주인공으로 신문에 소개가 되고 나서 한번은 텔레비전 방송국에서 취재를 나왔다. 한참 으쓱해서 인터뷰에 응하고 있는데 주인이 화가 난 얼굴로 나타나서는 잠깐 보자고 한다. 취재진에게 잠시 양해를 구하고 주인을 따라 밖으로 나갔는데 다짜고짜 역정을 냈다.

"당신 지금 뭐하는 기고? 당장 집 비아라(비워)! 이 건물이 당신끼가? 내 건물이다. 개뿔도 뭣도 없는 기 뭐를 찍고 있노? 돈 수천억 있는 사람도 이런 건방진 짓은 안 한다. 나가라!"

나는 주인아저씨가 왜 그렇게 화를 내는지 얼른 이해가 되지 않았지만 다시는 건방진 짓을 하지 않겠다고 손이 발이 되도록 빈 다음에야 간신히 용서를 받을 수 있었다.

그러던 어느 날 집 주인이 느닷없이 당장 건물을 비워달라고 했다. 주차장을 만들겠다는 것이다. 주인이 말미를 준 기한은 겨우 한달 남짓이었다. 당시 우리는 다른 곳으로 옮겨갈 형편이 못 되었다. 게다가 가게를 세차장으로 바꾼다고 하니 권리금도 받지 못하게 되었다. 주인의 통고는 한 마디로 날벼락이었다.

아무리 사정을 해도 막무가내였다. 원래 좀 인정이 없는 분인데 설상가상으로 평소 내 인상이 그리 곱지 않았나 보다.

앞일이 캄캄했다. 집 뺀 돈 칠백만 원으로 당장 다른 가게로 옮겨가는 것은 거의 불가능했다.

마누라도 울고 아이들도 울었다. 식구들 몰래 나도 울었다.

'내가 도와주었던 사람들은 다 어데들 있노? 본전의 백분의 일이라도 찾았으면 좋겠다!' 이런 생각까지 들었다.

앞날을 위한 준비가 전혀 없었던 것은 아니었다. 아내가 5년을 애면글면 부어 온 이천만 원짜리 적금이 있었다. 건물 주인이 아닌 밤중의 홍두깨 식으로 나오기 한달쯤 전까지만 해도 그 적금 타 놓은 것이 우리 수중에 있었다. 그런데 그 돈을 내가 출석하던 교회가 개척 문제로 곤란을 겪고 있어 교회에 헌금한 것이다. 그 돈만 있었다면 다른 곳으로 옮겨가는 데에 문제될 게 없었을 것이다.

고민 끝에 적금 탄 돈을 교회를 위해 쓰기로 결심을 하고 아내에게 내 뜻을 말했을 때 아내는 펄쩍 뛰었다.

"당신, 내가 그 적금을 우예 부었는지 아나 모르나? 고마 내를 아주 죽이라! 장로고 뭐고 안 하는 짓을 왜 우리 같은 평신도가 하노? 돌았나?"

"가진 자가 내는 것보다 없는 자가 내는 것이 더 거룩한 기다. 성경 말씀에 나를 믿어라, 두려워하지 말라 하지 않았나. 내는 낸다."

아내의 반발을 무릅쓰고 교회에 가서 돈을 목사님에게 드렸다. 그러면서 부탁을 했다.

"목사님, 대신 조건이 있습니다. 교회가 잘 되면 돌려주이소. 망하면 하늘나라에서 원금까지 포함해서 내 자식들한테 돌아오리라 믿습니다. 참말이지 이판사판으로 드립니다."

잔뜩 호기를 부려 있는 돈을 몽땅 바치기는 했지만 솔직히 돈을 내고 돌아오면서 초조해지기 시작했다. 아내는 나와 말도 하지 않았다. 아내로서는 억장이 무너졌을 것이다. 그 돈이 어떤 돈인가. 그동안 우리가 고생고생하면서 모은 전 재산이었다. 그 돈에는 아내의 피와 땀이 서려 있었다.

나는 하나님께 솔직하게 기도했다.

"하나님, 하나님 이렇게 엎드려 빕니다. 부디 우리 교회를, 아니 저와 우리 마누라를 굽어 살피사 우리 교회 교인 숫자 좀 늘려 주이소. 지도 묵고 살아야 하지 않겠습니까?"

가게를 비워달라는 소리는 바로 그런 상황에서 나온 것이었다. 기가 막혔다.

아내는 까무라치기 일보 직전이었고, 나는 주둥이가 백 개라도 할 말이 없었다.

'아이다. 내가 나쁜 일 하다가 이리 됐나? 좋은 일 하다가 이리 됐다.

후회할 기 뭐가 있노…. 남들이 뭐라꼬 하건 상관없다. 하나님이 알 아주시면 되는 기다. 치아라 마! 굶어 죽게 된 것도 아이다!'

이렇게 마음을 도도하게 먹긴 하였지만 집 비워줄 날짜는 다가오고 뾰족한 대책은 없으니 하루하루 온몸에 힘이 쭉 빠질 뿐이었다.

새벽마다 집에서 가까운 두류공원까지 조깅을 하는데, 공원에 도착하면 숲 속에 들어가서 기도를 한다. 그 당시 숲으로 들어가면 나무 이파리들이 모두 돈처럼 보였다. '이기 다 돈이라면 얼마나 좋을꼬….' 그런 생각을 하며 나무를 부여잡고 간절히 기도를 했다.

이렇게 전전긍긍하던 어느 날이다. 서울에 있는 텔레비전 방송국에서 전화가 왔다. 황인용 씨가 하는 무슨 토크쇼에 출연을 해달라고. 텔레비전이고 뭐고 다 눈에 안 들어오는 때였지만 순전히 십만 원에 가까운 특별 출연료(상품권) 때문에 나가기로 했다. 거덜이 난 판국이니 한푼이라도 더 챙겨두어야겠다는 생각이 들었던 것이다.

방송하는 날, 일찌감치 서울에 올라가서 목욕탕을 찾았다. 텔레비전에 나가는데 없는 광이라도 좀 내야 하지 않겠는가. 먼저 이발부터 하기로 했다. 그때 그 목욕탕의 이발비가 오천 원. 나는 한 푼이라도 깎아 보려고 이발사 아저씨를 물고 늘어졌다. 이발사 아저씨의 대답이 걸작이다.

“아저씨, 머리카락도 깎고 돈도 깎으면 나는 뭘 먹고 삽니까?”

“그래도 좀 깎아주소.”

“허… 이발비 깎자는 소리는 처음 들어보네.”

이렇게 옥신각신하고 있는데 옆에서 머리를 깎던 점잖게 생긴 신사분이 불쑥 끼어들었다.

“아저씨, 돈은 제가 드릴 테니 그냥 이발해 드리세요. 저, 경상도 분이시지요?”

“맞습니더.”

“제 고향이 상줍니다.”

마치 오래 못 본 고향 친구라도 만난 것처럼 군다. 생기기도 촌놈 같이 생겨먹어가지고 투박한 동향 사투리를 쓰는 게 반가웠는지 아니면 안쓰러워 보였는지, 그 신사는 내 이발비를 내주었을 뿐 아니라 목욕탕에서는 내게 다가와서 등까지 밀어주었다.

‘이거 오늘 내가 테레비에 나가 출연료 받는 거 미리 알고 이카는 거 아이가?…’

이런 생각이 다 들었다. 그래서 무뚝뚝하게 물었다.

“와 내한테 이카는교?”

“이런 낯선 곳에서 고향 사람을 만나는 게 얼마나 반가운 일입니까?

그래, 서울에는 와 올라왔는교?"

그래서 불법입국으로 감옥에 갇힌 연변 교포 여자를 빼내주고 병원에 데려가서 무료로 고질병을 고치게 해준 일과 그 일로 텔레비전 방송국에 출연하게 되었노라고 대충 말해주었다. 연신 감탄하며 내 말을 듣던 신사가 오늘 저녁에 자기 집에 나를 초대하고 싶다고 말했다. 낯선 사람한테 그렇게 나오는 것이 나로서는 마냥 의심스럽기만 했다.

"나한테 사기칠라카는 거 아닌교? 아니면 새우잡이로 팔아 묵을라카는 기요?"

사뭇 심각한 내 추궁에 사내는 박장대소를 했다.

"하하하! 아입니더. 지 나쁜 놈 아니니 안심하십시오."

그러나 나의 의구심은 방송국까지 태워다주기로 한 그 신사의 승용차 안에서 극도로 달하였다. 신사는 운전을 하면서 운전석 옆에 달려 있는 전화기를 들고 어딘가로 전화를 걸었다.

"여보, 오늘 좋은 분 만나서 집으로 모시고 갈 테니 그리 알아요."

결론적으로 말하면 그 신사는 사기꾼이 아니었다. 그날 그 신사의 호의가 아니었다면 나는 시간에 맞게 방송국에 도착하지 못했을 것이다. 그런데 인연이 닿느라고 그랬는지 내 이발비를 대신 내주고

등도 밀어주었던 그 신사도 졸지에 함께 출연하게 되었다. 이발비 5천 원 내주고 출연료도 벌고 텔레비전에까지 나왔으니 그 사람으로서는 남는 장사를 한 셈이다.

집 문제로 마음도 답답하고 해서 그날 텔레비전에 나가서 내가 살아온 이야기, 곤란을 겪고 있는 이야기, 마음에 담아둔 이야기를 나오는 대로 모조리 털어놓았다. 그렇게 털어놓고 나니 어쨌든 가슴은 후련해졌다. 그리고 그날 저녁에는 그분의 아파트에 초대되어 근사한 저녁 대접을 받고 하룻밤 신세까지 졌다.

그러고는 대구로 내려왔는데 이틀 후, 생각지도 못했던 일—기적이라고 밖에 할 수 없는 일—이 일어났다. 우리 반점이 있는 동네에 국회의원 출마를 했다가 낙선한 이정무 씨한테서 전화가 걸려 왔다. 그는 내가 나오는 텔레비전 프로그램을 본 자신의 부인한테서 나에 대한 이야기를 자세히 들었다면서 나를 돕고 싶다고 했다. 아무런 조건 없이 내게 천만 원을 주겠다는 것이다. 남에게 주기는 많이 주어봤지만 남한테 받은 일은거의 없는 나였다. 전화를 끊고 나서도 도무지 믿기지 않아 아내한테도 얼른 이야기 하지 못했다. 세상에 이런 일이 다 있는가.

뜻하지 않게 받은 천만 원과 가게를 뺀 돈을 합해 새 가게를 얻었다. 봉덕동에서 가게를 세 번 옮겨 다녔는데 이게 두 번째 동해반점이었다. 하나님이 아주 작정을 하시고 우리 가게를 밀어주신 것 같았다. 어리둥절할 정도로 손님이 밀려들어 장사가 잘 되었다. 하루 매상이 백만 원이 넘을 때도 있었다. 가게를 70평으로 늘리고 난생처음으로 주방장도 두고 종업원도 네 명이나 두어보았다.

우리집 자장면이 무슨 비법이 있어서가 아니었다. 중국집 주인 주제에 상도 받고 텔레비전에까지 나온 나를 보려고 오는 사람이 많았다. 멀리 있는 교회에서 봉고차를 타고 우르르 몰려오기도 했다. 어떤 국회의원은 사람들을 여럿 몰고 와서는 수표를 척 하니 내 놓으며 이 돈만큼 상을 차려달라고 했다. 그 수표를 받아든 날 엄청나게 욕을 봤다. 아무리 볶고 데치고 튀겨 음식을 해도 그 돈이 채워지지 않는 것이었다.

하나님 앞에 순수하게 심은 것은 하나님께서도 사람을 통해서 되돌려주신다는 것을 배웠다. 하나님은 열심히 심는 자에게 많이 채워주신다.

자장박사, CF 스타 되다

이 일도 오래하다 보니 소문이 났다. 그것도 전국적으로 말이다.
2003년, 나는 세계 굴지의 대기업인 맥도날드의 CF 모델이 되었다.
하루에도 수십 번씩 나오는 30초짜리 텔레비전 광고의 주인공이 된
것이다.

"나눌 수 있어 행복합니다"

이런 카피와 함께 나오는 고아원에서의 봉사 장면이 담긴 맥도날
드 CF는 1년 내내 그 장면을 전 국민에게 보여주고 또 보여주었다.

그 CF를 본 사람들의 반응은 뜨거웠고, 나는 여느 CF 스타 못지

않은 인기를 얻었다.

똥개, 홍길동, 걸뱅이라 불리던 촌놈이 전 국민의 스타가 된 것이다. 생각해보라. 이 세상 사람들이 무슨 일을 해야 이런 영광을 누릴까? 초등학교 3학년 자퇴가 학력의 전부인 나를 사람들이 알아주었으니 말이다. 비록 많은 돈은 아니었지만 나누는 행복과 축복을 터득한 결과로 이러한 행운이 내게 찾아온 것이다.

만경장에서부터 시작된 남을 돕는 내 취미 생활은 범위가 넓어졌고 강도도 높아졌는데 그렇게 된 데에는 신문에서 받은 자극 외에도 또 한 가지 중요한 이유가 있었다. 바로 자식들이었다. 나는 내 아이들이 커가는 것을 바라보면서 나는 아버지로서의 역할에 대해서 많은 생각과 고민을 하게 되었다.

가방끈도 짧은, 아니 아예 없다시피 한 내가 과연 어떻게 해야 두 아이의 아버지로서 자식들을 제대로 가르치고 본을 보일 수 있을까? 내가 생각한 유일한 방법은 봉사뿐이었다. 봉사하는 모습을 자식들에게 보여주는 것, 그것이야말로 내가 아버지로서 자식들에게 줄 수 있는 최고의 교육이요 지혜라는 생각을 했던 것이다.

봉사의 욕심이 늘어나니 당연히 필요한 자금도 더 늘어났다. 양껏 하자니 가랑이가 찢어질 판이고 그렇다고 손바닥 보듯이 뻔한 수입에 생색내기가 쉽지 않았다.

　도움이 필요한 곳에 목돈을 한꺼번에 내놓고 나면 그때는 흐뭇하고 으쓱한 기분이 드는데 집에 돌아오면 아까운 생각이 드는 것은 나도 사람이니 어쩔 수 없는 노릇이었다. 차라리 안 하는 게 낫지 주고 나서 전전긍긍하는 꼴이라니, 봉사의 도리에도 어긋나고 내 성질하고도 맞지 않았다.

　곰곰이 생각한 끝에 그때부터 나는 날마다 조금씩 따로 돈을 떼어 모으기로 했다. 하루 매상에서 오천 원씩 만 원씩, 매상이 많이 올랐을 때는 좀더 많은 액수를 꾸준히 의무적으로 떼어두었다가 내 도움이 필요한 대상이 나타나면 꺼내서 쓰는 것이었다. 그 습관은 소득의 십일조를 하나님께 드리고 또 다른 십일조를 이웃을 위해 쓰는 나의 방법이었던 것이다.

　사실 이 습관은 금성원에서 배달하던 시절부터 생긴 것인데, 땅에 깡통을 하나 묻어두고 돈이 생기면 깡통에 넣고 없으면 건너뛰곤 했다. 그러나 아이들을 기르게 되고 빚 부담, 가게 부담이 컸던 평리동에서는 그나마도 상당히 소극적이었다.

　하지만 내 가게를 갖고부터는 장사가 잘 안 된 날이라도 마음먹었던 액수만큼은 꼭 떼어내기로 했던 것이다. 마치 일수쟁이가 일수

돈 받아가듯이 말이다. 넉넉지 못한 살림에서 이런 방법은 무리가 있었다. 해결책은 덜 쓰고 안 쓰는 것뿐이었다.

물론 비자금통은 아내에게도 비밀이었다. 처음부터 아내한테 비밀로 할 생각은 없었다. 평리동 시절이던가, 한번은 잠자리에서 마누라에게 넌지시 물어본 적이 있다.

"여보, 지금 우리가 중국집 해서 돈을 벌고 있지만 우리만 위해서 모으지 말고 남을 주면서 살아보자. 한번 왔다가 가는 인생인데, 우리가 배운 게 있어서 배운 것 가지고 남에게 도움을 주겠나…. 우리 손으로 애써 모은 것으로 우리보다 가난하고 약한 사람 도움 주면서 세상에서 뭔가를 이루어보자. 내 말 어떻게 생각하노?"

마누라의 대답은 단호했다.

"안 됩니더. 내는 예수님 다음으로 돈이 제일 좋습니더. 교회 있어 보니까, 목사님한테는 생일 같은 때에 선물을 억수로 가지고들 찾아 오지마는 울 아버지처럼 교회 사택에 사는 종지기 집사한테는 생일날이 되어도 어느 누구 하나 찾아오지 않습디더. 병든 종지기 자식들 가엾다고 어느 누구 돈 한푼 주는 사람 없었어예. 사랑도 가진 사람한테나 사랑이지 없는 사람한테는 사랑, 그런 거 없습니더. 울 아버지가 그렇게 돌아가시기 전에 내한테 남긴 유언이 있어예. '너그 형제들 중에 누구든지 집 한 칸 사가지고 너그 이름을 적은 문패를 달아라. 내는 그기 소원이다.' 우리 어머니가 저렇게 돌아다니면서 행상을 하시는데 언제까지 저렇게 고생만 하시다가 돌아가시게 할 수는 없어예. 인자는 내도 열심히 일해 집을 마련해 가지고 엄마한테 잘 하고 싶습니더. 남 도와주지 말자는 이야기가 아니라예. 하지만 우리도 자식이 둘 아입니꺼. 우선에 우리 집이라도 사고 어느 정도 넉넉해지거든 그때 그리 하입시더."

찢어지는 가난 속에서 온갖 설움을 받으며 자란 아내는 돈에 한이 맺혀 있었다. 나는 아내의 그런 말들을 모두 이해할 수 있었으며 조금도 비난하고 싶지 않았다.

그러나 나는 아내와 부딪치지 않는 것이 상책이라는 쪽으로 결론을 내렸고 비자금통을 귀신도 모르게 숨기기로 했던 것이다. 그리고 신문사에 성금 같은 것을 내면 주는 영수증도 받는 즉시 그 자리에서 얼른 버렸다. 아내한테 들킬지도 모르기 때문이었다. 이런 식으로 해서 나의 지난 가난을 보상이라도 받으려는 듯 정말 힘이 닿는 데까지 최선을 다해 남을 도왔다. 지금은 그때보다 훨씬 형편이 나아졌지만 그때 그 당시의 행복은 지금도 잊을 수 없다.

출판인이 본 박권용이라는 사람

— 해피&북스 편집장 김재헌

박권용 씨는 중국집 주인이다.

그가 주인이자 주방장으로 일하는 동해반점은 대구 남구 봉덕동이란 동네 주택가에 자리잡고 있다.

대한민국 어느 동네에서나 쉽게 찾아볼 수 있는, 작고 고만고만한 중국집이다. 박씨를 반점으로 처음 찾아갔을 때가 마침 점심 막바지, 한창 바쁠 때였다. 주방에 서서 눈코 뜰 새 없이 바쁜 박씨. 짬뽕에 들어갈 야채 볶으랴, 잠시 카운터를 비운 아내 대신 주방에서 뛰어나와 주문 전화 받으랴, 동작이 굼뜬 종업원들한테 큰소리로 야단

치랴.

그런 박씨의 모습을 옆에서 훔쳐보면서(그가 만들어준 자장면을 먹으면서) 솔직히 말해서 조금 실망을 했다. 그는 우리가 익히 보아온 동네 중국집 주인들과 하나도 다르지 않았기 때문이다.

박씨는 키가 작다. 얼굴은 동그랗다. 눈이 작아서 가만히 있으면 성질이 있어 보이는 인상이지만 활짝 웃으면 초등학교 삼사학년의 천진난만한 동안으로 변한다.

박씨는 자신의 투박한 경상도 사투리처럼 소탈하고 꾸밈이 없는 사람이다. 오십이 내일 모레인데도 어수룩하게 느껴질 정도로 순진하기도 하다. 박씨는 자기한테 '불리한' 이야기도 또 자기 자랑도 거침없이 털어놓는다. 자기 고집대로, 제멋에 겨워 살아온 사람들이 대개 그러하듯이 도무지 남들이 자신을 어떻게 생각할지에 대해서는 개의치를 않는다. 신이 나면 이야기 도중에 유행가도 한곡조 뽑는다. 약장수 흉내, 멸치장수 흉내도 잘 낸다. 벌떡 일어나서 권투의 기본자세도 시범으로 보여주는가 하면, 옛 이야기, 예전에 만난 사람들에 대한 이야기가 나오면 금세 목이 메이기도 한다. 박씨는 무엇보다도 재미있고 웃기는 사람이다.

그는 어떤 성자(聖者)처럼 자신의 모든 것을 희생해서 남을 돕는 사람은 아니다. 몇 백 명의 사형수를 돌본 어떤 스님처럼 유별난 봉사를 하는 사람도 아니다. 또 어떤 유명인사처럼 거창한 단체나 후원회를 만들어서 화려하게 자선과 봉사의 활동을 펼치는 사람도 아니다. 그렇다고 만인이 우러러볼 심원한 사상을 가진 사람도 아니고 범접할 수 없는 고매한 인격의 소유자도 아니다. 그는 그저 네 식구 살기도 애면글면이면서도 자기 주변 이웃들에게 자신의 것을 떼어 주고 나누어 주면서 살아온 평범한 생활인이다.

얼핏 보면 그가 해온 일들은 전혀 대수롭지 않다. 그가 한 일들을 들여다보면 사소하고 평범한 것들이다. 누구나 그쯤은 생각할 수 있는 일들, 마음만 먹으면 누구든지 할 수 있다고 생각하는 일들이다. 그러나 이런저런 이유와 핑계로 흔히 외면해버리는, 그리고 외면하는 게 처세에 좋다고 생각하는 그런 일들, 박씨는 그런 일들을 태연자약하게 실천에 옮겨온 사람이다.

바로 거기에 그의 매력이 있다. 그는 어떤 종교단체나 거창한 신념에서 출발한 사람이 아니다. 그게 참 놀랍다. 굳이 따진다면 그의 마음 바탕에는 가난하고 불우한 이웃들에 대해 지금 세대보다 훨씬 인정이 많았던 우리 조상들의 순박한 심성이 있다. 박씨의 삶이 우리의 가슴을 건드리는 것이 바로 이 대목이다. 그런 소박한 인정, 그리고 그러한 행위를 자신의 한계 내에서 있는 힘껏 좀 더 넓히려고 노력해 왔다는 것이다.

박씨를 존경하거나 그의 행동을 따라해야 할 의무는 없다. 그의 생각에 동조하지 않는 사람도 있을지 모른다. 또 그의 모든 행동이 과연 옳은 것인지 의문을 제기하는 사람도 없지 않을 것이다. 그러나 그의 삶은 진지하게 살려는 사람들한테는 음미해볼 만한 가치가 충분히 있다. 특히 이렇게 경박하고 사랑, 봉사, 자선 같은 단어들이 진부하게 들리는 시대에는 더욱.

나는 무엇을 위해 사는가

이병철 - 유압기기사업부 생산팀 이종구 사우 자녀

요즘 가끔씩 우리는 텔레비전이나 신문 등의 매체를 통하여 남을 위해 일생 동안 몸을 헌신한 사람, 일생 동안 모은 돈을 기부하는 사람 등의 이야기를 듣게 된다. 이 책의 저자인 박권용 아저씨도 그런 사람이다. 그는 열두 살 때 엄마를 찾아 무작정 대구로 올라와 중국집 배달원을 시작한 이래 봉덕동 동해반점을 차려 오늘에 이르기까지, 50여 년 동안 고생도 많고 곡절도 많은 인생이었지만 자장면을 열심히 만들었던 만큼 남을 돕는 일도 열심히 해온 사람이다.

그는 이제 많은 국민들에게 낯익은 인사가 되었다. 그의 오랜 선행이 차츰차츰 세상에 전해져 일일이 열거할 수 없을 정도로 각종 매체를 탔기 때문이다. 특히 MBC의 《칭찬합시다》와 KBS의 《아침

마당》,《이것이 인생이다》에 출연하였다.

세상에는 남을 돕는 많은 방법들이 있다. 박권용 아저씨는 어떤 성자처럼 자신의 모든 것을 희생해서 남을 돕는 사람은 아니다. 몇 백 명의 사형수를 돌본 어떤 스님처럼 유별난 봉사를 하는 사람도 아니다. 또 어떤 유명인사처럼 거창한 단체나 후원회를 만들어서 화려하게 자선과 봉사의 활동을 펼치는 사람도 아니다. 그렇다고 만인이 우러러볼 심원한 인격의 소유자도 아니고 범접할 수 없는 고매한 인격의 소유자도 아니다. 그는 그저 자기네 식구 살기도 애면글면하면서도 자기 주변 이웃들에게 자신의 것을 떼어주고 나누어주면서 살아온 평범한 생활인이다.

언뜻 보면 그가 해온 일들은 전혀 대수롭지 않다. 그가 한 일들을 들여다보면 사소하고 평범한 것들이다. 누구나 그쯤은 생각할 수 있는 일들, 마음만 먹으면 누구든 할 수 있다고 생각하는 일들이다. 그러나 이런저런 이유로 핑계로 흔히 외면해버리는, 그리고 외면하는 게 처세에 좋다고 생각하는 그런 일들, 박씨는 그런 일들을 태연자약하게 실천에 옮겨온 사람이다.

누구나 한번쯤은 남을 도와주려고 생각은 한다. 그러나 막상 몸이 불편한 사람이나 구걸을 하는 사람을 보면 대수롭지 않은 일이라는 듯 지나가버린다. 심지어는 피해가는 사람도 볼 수 있다. 남을 도와주는 것은 생각하는 것처럼 그렇게 화려한 것이 아니다. 흔히 우리는 남을 돕는 사람은 돈이 아주 많거나 아니면 아주 마음이 고귀하고 착해서 그러는 줄 아는데 그것은 잘못된 생각이다. 구걸하는 사람에게 자기가 과자 사먹을 돈을 주거나 장애인을 도와주는 것 또한 남을 도와주는 것이다. 남을 돕는 일은 그리 어려운 일이 아니다.

우리는 누구나 착한 마음을 가지고 있다. 우리는 그것을 가지고 있으면서 사용을 못하는 것이다. 내가 이 사람을 돕고 싶다, 이 사람은 도움이 필요하다고 느끼면 망설일 필요없이 도우면 된다. 이것이 착한 마음을 쓰는 길이다.

우리는 가끔씩 텔레비전이나 신문 등을 통해서 불우한 이웃의 이야기를 듣게 된다. 그 사람들은 조그마한 판잣집에서 살면서 끼니 걱정을 하고 살지만 후원금은 조금밖에 들어오지 않는다. 내가 후원금을 낸다고 이런 말을 하는 것은 아니지만 정말 우리나라의 인정이 이렇게 밖에 안 될까 하고 충격이 컸다. 우리 선조들은 이웃을 돕고 사는 것을 미덕으로 여겼다. 그러나 그것은 시대가 변하여 점점 사라지고 있다는 것이다.

박권용 아저씨는 어떤 종교나 거창한 신념에서 출발한 사람이 아니다. 그게 참 놀랍다. 굳이 따진다면 그의 마음 바탕에는 가난하고 불우한 이웃들에 대해 지금 세대보다 훨씬 인정이 많았던 우리 조상들의 순박한 심성이 있다.

박권용 아저씨의 삶이 우리의 가슴을 건드리는 것이 바로 이 대목이다. 그런 소박한 인정, 작고 사소한 자선들을 놀라울 정도로 꾸준히 실천해 왔다는 것, 그리고 그러한 행위를 자신의 한계 내에서 있는 힘껏 좀 더 넓히려고 노력해왔다는 것이다.

나는 박권용 아저씨를 존경하거나 그의 행동을 따라해야 할 의무는 없다고 본다. 아저씨의 생각에 동조하지 않는 사람도 있을지 모른다. 또 아저씨의 모든 행동이 과연 옳은 것인지 의문을 제시하는 사람도 없지 않을 것이다.

그러나 아저씨의 삶은 진지하게 살려는 사람들한테는 음미해 볼 가치가 충분히 있다. 특히 이렇게 경박하고 사랑, 봉사, 자선 같은 단어들이 진부하게 들리는 시대에는 더욱…. 한방울 한방울 물이 흘러 샘을 만들듯 작은사랑이 모여서 밝은 세상에 빛이 되어 어둠을 밝힐 수 있는 등대가 되길 바란다.